SCELLÉ PLOMBÉ

DU MÊME AUTEUR

Potence machine, Triptyque (1996)

Risible et noir, Triptyque (1997)

Marie-Hélène au mois de mars, Triptyque (1998)

Lettres à mademoiselle Brochu
(L'Effet pourpre, 1999), Marchand de feuilles (2007)

Pour une éthique urbaine, L'Effet pourpre (2002)

Les trois modes de conservation des viandes,
Marchand de feuilles (2006)

La gestion des produits, Marchand de feuilles (2011)

Rita tout court, Marchand de feuilles (2013)

MAXIME OLIVIER MOUTIER

SCELLÉ PLOMBÉ

ROMAN

[FŒJ]
ÉDITIONS
MARCHAND
DE FEUILLES

Marchand de feuilles
C.P. 4, Succursale Place d'Armes
Montréal (Québec)
H2Y 3E9
Canada
www.marchanddefeuilles.com

Mise en pages : Roger Des Roches
Révision : Annie Pronovost
Graphisme : Sarah Scott
Illustration de la couverture : Kris Knight

Diffusion : Hachette Canada
Distribution : Socadis

Les Éditions Marchand de feuilles remercient le Conseil des Arts du Canada ainsi que la Sodec pour leur soutien financier.

Conseil des Arts du Canada
Canada Council for the Arts
Société de développement des entreprises culturelles Québec

Catalogage avant publication de Bibliothèque et Archives Canada

Moutier, Maxime Olivier, 1971-

Scellé plombé

ISBN 978-2-923896-24-3

I. Titre.

PS8576.O983S33 2013 C843'.54 C2013-941228-X
PS9576.O983S33 201

Dépôt légal : 2013
Bibliothèque et Archives nationales du Québec
Bibliothèque et Archives Canada

Le scellé plombé est le quatrième mode de conservation des viandes. Il s'agit d'une pratique abandonnée aujourd'hui, qui consistait à tremper des pièces de viande dans du plomb fondu, afin de les sceller et de neutraliser leur putréfaction naturelle. La méthode fonctionnait, mais à l'époque, personne ne savait que l'ingestion de particules de plomb provoquait de l'irritabilité, des léthargies excessives ou de l'hyperactivité. Elles pouvaient causer des maux de tête carabinés, des malaises abdominaux ou des dommages irréversibles au système nerveux, conduisant la victime jusqu'à l'encéphalite. Ces abominables symptômes sont aujourd'hui regroupés sous le terme de saturnisme. À un autre niveau, le contact avec ce métal mou pouvait provoquer des convulsions, un coma et la mort. Le plomb est un produit chimique particulièrement nocif et dangereux. La viande ainsi exposée à cet élément était une viande empoisonnée. Mais nous ne le savions pas. Le scellé plombé est un mode qui préserve, mais qui tue.

Dans la langue courante, le plomb symbolise la lourdeur, l'oppression. Nous pouvons parler d'un sommeil de plomb ou d'un soleil de plomb, ou dire d'un projet qu'il a du plomb dans l'aile.

1

Jamais je n'aurais pu t'imaginer dans une pareille disposition. Allongé dans le gazon, en dépit du matin frisquet, couvert de rosée, le bras gauche retourné, la bouche grande ouverte. Personne ne savait que tu étais là. Tu étais comme une chose que l'on avait oubliée. Comme s'il venait d'y avoir une fête, que tout le monde était parti une fois l'aurore venue, et que toi, on t'avait laissé là, immobile. Car on a rapporté que tu étais resté comme cela plusieurs heures. Pendant plusieurs jours et plusieurs nuits, même. Sans rechigner. En ne bougeant plus.

Jamais je n'aurais pu imaginer, il y a vingt ans, alors que tu étais encore tout à fait jeune et solide, qu'un jour, tu en arriverais là. Personne n'aurait pu deviner. Tu me faisais des promesses et je croyais ce que tu disais. Ton corps se tenait droit, marqué de quelques coups d'autrefois, des passages normaux qui ne te rendaient que meilleur et plus humain. À cause de mes sourires, les premiers, ceux que tu n'as sans doute pas souvent retrouvés par la suite, tu étais devenu invincible. Je t'écoutais parler et je ne disais rien. Tu faisais à peu près tout ce que tu voulais, même si ce n'était pas toujours plaisant. S'il le fallait, tu le faisais. Tu n'avais pas peur. L'idée de perdre ne te freinait pas. Je crois que tu étais jeune, et que les années ne pesaient pas encore. En tout cas, cela ne se voyait pas. Pas à ce moment-là.

Et voilà qu'un matin, un matin frileux, tu reposes dans le gazon de ce terrain de golf, l'air idiot, les cheveux mélangés et la peau cramoisie, à côté de ton sac à dos dans lequel nous n'avons rien trouvé d'intéressant. Pour être plus précise, ce n'est pas difficile, tu étais devenu vert, disproportionné, désagrégé par endroits et purulent à d'autres. Aucune trace de bagarre, seulement de l'herbe calcinée. Aucun impact. L'air désintéressé, tu venais de vieillir d'au moins mille ans. Les vers et les larves gagnaient plus de terrain chaque minute. À ce rythme, tu allais bientôt te fondre dans l'herbe, t'incruster dans la croûte, te liquéfier. Et tu ne disais rien. Fidèle à tes habitudes des dernières années, tu ne disais plus rien. Les fourmis te découpaient en petits morceaux pour t'emmener sur leur sentier. Sans te débattre, tu te laissais prendre. Je ne te reconnaissais plus. Tu n'étais plus le héros de ta propre vie. La bouche ouverte. La langue sortie, bleuie, coincée entre les dents. Sans crainte de ce que les autres pourraient penser. Dépourvu d'orgueil et sans flafla. Tu gisais.

Tu ne feras plus de blagues. Tu ne feras plus le fin finaud non plus. Une chose restera désormais sûre et certaine, c'est qu'à tout jamais, nous cesserons de nous disputer. Tu seras toujours d'accord, sans rictus lorsqu'il te faudra dire oui. Au milieu de ce désert vert, à l'orée d'un bosquet, à droite, passé le petit ruisseau, c'est le chien d'un promeneur solitaire qui t'a reniflé en premier. Puis les policiers sont venus, et tout le bataclan. La morgue, l'identification de tes restes, transportés dans une brouette, accompagnés du médecin légiste, froide et désordonnée. Des parties de ton corps ont dû être ramassées à la pelle. Tes vêtements ont été placés dans de grands sacs de plastique. Comme cela se fait d'habitude. Tu étais disparu depuis cinq jours. Te voilà réapparaissant, en mille miettes, alors que nous avions cessé de t'attendre, ou presque, question de survivre aux nuits blanches. Te voilà de retour, mais transfiguré, revenant de guerre. À la fois brûlé et imbibé. Rempli d'un liquide jaunâtre, inconnu des vivants, épais et dégoulinant. Taché de plaques noires à certaines extrémités. Surgelé. Plus rien pour être aimé. Abandonné par tous.

Jamais, au jour de notre rencontre, je n'aurais pu imaginer un tel dénouement. J'entrevoyais une vie de rêve, moi aussi, avec des enfants qui chahutent et des amis qui viennent souper. Mais jamais je n'aurais imaginé, dans mes cauchemars les plus sordides, une telle impression d'infini ; une telle impression d'absolu à l'idée qu'un corps humain, en si peu de temps, puisse à ce point se métamorphoser. Ta beauté s'était dissipée. Plus rien dans les yeux. Plus de feu, plus de larmes. Ta voix que nous n'entendrions plus. Le résultat est convaincant. L'ensemble est d'une grande efficacité.

2

Depuis un an ou deux, tu avais cessé de m'impressionner. Cela s'était mis à paraître subitement, d'une manière telle qu'il était impossible de passer à côté. Tu m'avais déçue. Je le savais, tu le savais, mais on ne s'en parlait pas. Tu avais d'ailleurs pris dix kilos à la suite de cela. Les instants où je t'aimais moins s'étiraient en des périodes de plus en plus longues. De plus en plus souvent.

Le temps avait fait son œuvre, comme on dit. Après dix ans passés ensemble, main dans la main, yeux dans les yeux, les choses se modifient. On le savait. Et quand on comprend que c'est pour toujours, ça devient un peu long.

3

Je l'admets, j'ai menti. Tu me le reprochais souvent, de mentir même quand ce n'était pas obligatoire. Cette fois, j'ai menti à propos des sacs de plastique et du médecin légiste. La vérité, c'est qu'il n'y a pas eu d'enquête. En fait, personne ne savait que tu gisais là, sous la pluie battante, depuis plusieurs jours. L'état de ton corps, comme un fruit blet, c'est vrai, c'était on ne peut plus triste. Mais c'est aussi souvent pour cela, les mensonges. Pour éliminer de l'affaire les détails scabreux. Car en réalité, il n'y a pas eu le chien d'un promeneur faisant son jogging le matin. C'est Léopold, notre plus vieux, qui t'a trouvé. Il a dit qu'il avait deviné, lui, ce qui s'était passé. Nous n'en avons pas reparlé ensuite. C'est en ce moment même, au moment de le dire, que je prends conscience du fait que nous n'avons jamais reparlé de cette fois où il a sursauté, comme assailli d'une prise de conscience, avant d'enfiler son imperméable, de sortir et de détacher sa bicyclette pour filer en direction du terrain de golf. Il venait de comprendre.

Personne ne savait que tu étais là, sauf lui. Dire qu'il y en a qui t'ont cherché longuement. Il y en a même qui t'attendent encore. Pas nous. Nous, nous savons que c'est Léo qui t'a trouvé, et qui est revenu chercher sa brouette à roue, sans dire un mot, outillé d'une pelle, pour repartir te ramasser. Comme un fils ramasse un père. Un récent adolescent qui est en train, dans un saut vertigineux, de devenir grand. Dépassant ses amis de façon foudroyante, et de plusieurs siècles. Il a pris son courage à deux mains, a presque agi sous hypnose, sans faire d'éclat ni de gestes brusques. Il n'a que onze ans, et il est allé recueillir ce qui restait de ta viande. Prenant soin d'effacer les traces. Qui pourrait se douter qu'un gamin de onze ans serait capable, sans qu'on lui en donne l'ordre ni qu'on l'y oblige, de faire une pareille chose ? Lui l'a fait, en tous cas. Et pas un enquêteur ne pourrait envisager semblable scénario.

4

C'est ce qu'il y a de pratique avec les maisons de campagne, éloignées de tout. C'est tranquille, souvent, les endroits reculés. On peut y faire des feux de camp sans déranger, on peut mettre de la musique fort, on peut façonner des bonhommes de neige en hiver tant qu'on le veut, mais aussi, on peut enterrer le corps d'un chien dans le jardin, tuer des putois ou inhumer sans problèmes des oiseaux morts. Il est facile d'ensevelir tout ce que l'on souhaite, quelle que soit la forme ou la grosseur de la chose en question. Un réfrigérateur, un vieux chauffe-eau, tout. Au fond du jardin, derrière la vieille grange. On peut tout faire disparaître, en une nuit. Ni vu ni connu.

Il a creusé longtemps, Léo. Il a fait un temps d'arrêt pour venir dîner. Silencieux, devant la télé, il a avalé ses deux tranches de *grilled cheese*, s'est essuyé un peu le visage, puis est retourné achever le travail. Une pluie battante s'est mêlée à la scène. Et, justement derrière la grange, devant le squelette métallique rouillé d'un vieux matelas, il a creusé, retirant la terre au fur et à mesure. Alors que les parois, aidées par la pluie, s'affaissaient, il ne s'est pas dégonflé. Même s'il devait recommencer ce qu'il venait de faire, et creuser davantage, il est allé jusqu'au bout. Puis il a jeté une partie de tes restes dans le trou. Sans aide, il avait ficelé l'ensemble dans un grand plastique. Presque comme un professionnel. Guidé par une certitude plus grande que lui. Il aurait voulu mettre de l'essence et faire flamber le tout avant de remettre la terre, mais comme la température ne le permettait pas, il a sauté cette étape. La pluie est donc venue nettoyer la pelle et la brouette.

Je lui ai conseillé de se frotter les mains avec de la térébenthine et d'aller prendre une douche. Nous avons fait bouillir ses vêtements ainsi que ton sac à dos, ta montre et tes lunettes, avant de tenter vainement de les désintégrer dans le broyeur à déchets. Il a fallu tout reprendre, faire sécher les lambeaux, donc attendre encore plusieurs longues heures, puis faire incinérer le paquet dans la cheminée. Ce ne fut pas une mince tâche, nous avons tous offert notre contribution, les filles y compris, à l'effacement de tes dernières traces. C'est du propre.

Ce n'est pas si grave de ne pas toujours dire les choses exactement telles qu'elles sont. Je précise, parce que ce n'est pas complètement vrai qu'il n'y avait rien d'intéressant dans ton sac à dos. Ton sac à dos, comprenant tout ce qu'il y avait dedans, a été brûlé jusqu'au bout, en même temps que tes vêtements, mais cela ne change rien au résultat. Ce qu'il contenait, au moins, nous a permis de savoir que tu ne t'es pas fait tuer. Par un prostitué de ton époque universitaire, un collègue qui t'en voulait, un créancier dont la patience a des limites, ou autre chose qu'on n'imagine pas toujours, quand on est la femme de son conjoint depuis plus de dix ans. Pour beaucoup, tu es disparu. Pour les autres, c'est du mystère. Tout simplement. Même s'il n'y a rien de simple à l'idée de se volatiliser spontanément ni de s'échapper de sa vie, quelle qu'en soit la manière. Tu n'avais pas de voiture alors nous n'avons pas retrouvé de voiture. Aucune trace de fugue, aucune transaction bancaire, rien. Disparition sur le radar.

Moi et ma fâcheuse habitude de vouloir que la vie soit parfaite, j'ai également menti sur le contenu de ton sac à dos.

5

Tu étais quelqu'un d'heureux. Il me semble que tu étais heureux. Et tu étais devenu un père, à cent pour cent dévoué. Je t'avais vu, moi, passer de l'état de jeune célibataire fougueux à celui, que tu vivais à fond, de père impliqué dans la maison et dans la vie des enfants. Une sorte de père nouveau. Dont on n'a encore jamais fait l'expérience jusqu'ici, mais bien de son temps. Qui ramasse les jouets et qui fait le ménage. Si nous avions eu une piscine, tu t'en serais occupé.

Par un temps orageux, toi qui n'as jamais joué au golf, qui n'avais même pas de bâtons et ne savais pas faire la différence entre un *pitching wedge* et une trappe de sable, qu'allais-tu donc faire là ? Alors que la nuit tombe et que tout le monde a déserté l'endroit, sous un ciel qui gronde et s'obscurcit. Qu'allais-tu donc faire là, alourdi de toutes ces raisons de vouloir mourir, sur un terrain de golf, à cette heure tardive, alors que tu n'as jamais pratiqué ce sport de ta vie ? Ni joué au tennis. Ni au soccer. Tu ne faisais même pas de jogging. Tu ne faisais rien qui puisse te garder en forme et en santé. Tu ne devais sans doute pas vouloir vivre trop longtemps pour rien. Pas plus qu'il ne le faut. Tu n'avais pas ressenti la crainte de t'ankyloser, une fois franchi le tournant de la trentaine.

Un terrain de golf, la nuit, c'est agréable. L'humidité relative qu'on y respire nous ouvre les bronches et nous dégage les poumons. Est-ce que c'est pour cette raison ?

Ou si c'est pour aller observer les étoiles, ou le soleil et son coucher rose et violet ? Dans ton sac à dos, il n'y avait pas de sextant ni de carte routière. Pas de flasque d'alcool pour t'engourdir, pas de pistolet non plus. Rien qui ressemble à une corde, pas de lettre d'adieu ni de compte à régler, pas de comprimés non plus. Mais la pluie est douce et le soir est frais. Y allais-tu souvent, faire des promenades sur des espaces verts, ou si c'était la première fois ? Était-ce parce que tu courais après le chien, le chien qui voulait jouer et qui t'a conduit sur l'autoroute jusqu'au terrain de golf de la région voisine ? Ou si, vraiment, c'était pour prendre le frais ? Tout simplement. Les enquêteurs n'ont toujours pas conclu. De toutes façons, ils ne savent pas tout ce que je sais.

6

Il ne servait plus à rien de se disputer. Nous l'avions compris. Il était devenu difficile de nous parler, même pour des banalités toutes simples comme la tondeuse à gazon ou l'eau des poissons rouges. À table, seuls ou avec les enfants, nos discussions, sans être complètement froides, se limitaient à de l'échange d'information à propos de cette vie compliquée que nous menions, au jour le jour, sans nous regarder depuis l'extérieur, la tête dedans, la face dans le lunch jusqu'aux épaules. Nous parlions de nos agendas, de l'âpreté des fruits de saison, de l'humidité du sous-sol qui laisse une odeur de moisissure sur les sacs de couchage. Entre nous deux (même s'il paraît que certains, souvent, ont pu voir rejaillir le feu), le sort était jeté.

Comme on ne se parlait plus, nous attendions que le temps passe. Nous attendions le retour de nos émissions préférées. Nous entendions la digue ployer, le soir en s'endormant, et nous attendions de voir ce qui allait se produire, une fois la débâcle enclenchée. Nous vivions sous tension. Nous nous étions détachés l'un de l'autre, de manière à ne plus rien espérer. Nous vivions comme des colocataires, nous vivions en partenariat. Sur papier. Très peu pour la communauté, chacun pour sa pomme. Nous gagnions de bons salaires. Nous étions libres.

Le jour, j'en étais venue à ne rien savoir de ce que tu faisais. Comment s'étaient déroulées tes journées ne faisait plus partie des sujets dignes d'intérêt. Tu étais devenu un homme aux petites ambitions. Je ne te voyais plus déplacer des montagnes. Je t'imaginais passer la balayeuse dans la piscine, ramasser la crotte de chien sur la pelouse verte ou asperger la plate-bande de produits chimiques. Alors que nous n'avions toujours pas de piscine, et encore moins de plate-bande. Et même si tu avais changé au fil des ans et que tu t'étais mis à laver le bain, à faire chaque jour les repas, même si le soir, tu avais pris le contrôle des lunchs, même si tu te levais désormais chaque fois que quelque chose semblait clocher la nuit avec l'un des enfants, même si jamais tu n'oubliais de sortir les poubelles, même si c'était toi qui, parfois, payais les vêtements et les habits de neige, et que, docile, tu étais là, à la maison, tout le temps, et que jamais nous ne te cherchions et que chaque fois nous pouvions compter sur ta présence. Même si jamais nous n'avons dû aller te chercher à l'hôpital à cause d'une crise d'angoisse, même si jamais tu n'étais parti dans le Sud en compagnie d'une maîtresse, et que jamais tu n'étais pas rentré plusieurs soirs d'affilée, emporté par la vague, même si jamais tu n'arrivais en retard, même si toujours tu nous étais fidèle, tout cela était devenu tellement normal. Tellement plate et normal. Ne méritant plus d'être chaque fois souligné. Même si jamais tu ne pleurais, jamais ne rentrais soûl, jamais ne me volais d'argent pour de la drogue, tout cela m'ennuyait. À mourir. Tu n'arrivais plus, malgré tout, à regagner un peu, dans mon regard, de cette valeur perdue.

Avec ton style et ta façon de t'habiller qui ne changeait pas, j'avais fini par te trouver ridicule. Même la petite me confiait qu'elle n'aimait plus quand tu allais la chercher à l'école, le soir, parce qu'elle craignait que ses amies ne rient de son père. Sitôt que tu entrais dans la cour d'école, elle devenait inquiète et silencieuse. Elle se dépêchait, ramassait vite sa tuque, ses mitaines et sa boîte à lunch, pressée de franchir la porte.

Je ne savais plus ce qui se passait dans ta vie. Je ne remarquais quasiment plus la longueur de tes cheveux, et lorsque tu te les faisais couper, je ne m'en rendais pas compte. Il me semblait que rien, aucune intervention d'aucun barbier, n'aurait pu te redonner du *look* et du piquant. Si je remarquais quelque chose, je ne t'en parlais pas. Je ne disais rien. Depuis un an, tu pratiquais le tricot. Assis des heures durant, tu fabriquais des foulards et des chaussons. Quel homme étais-tu donc devenu ? Tu achetais des pelotes de laine, parfois par dizaines, et ça te faisait de quoi passer le temps. Tu nous as tous fait des foulards et des écharpes, tu en as même offert à nos amis pour le Noël de cette année-là, et je crois que je ne m'en rendais pas compte. Je ne faisais pas attention à ce qui se passait dans ta vie ; tu tricotais, comme un idiot, et je m'en fichais. Je pensais à ma prochaine sortie, au restaurant avec mes amis. Les soirs où j'étais à la maison, j'en profitais pour me coucher tôt. Je me reposais et bénéficiais de la tranquillité de l'endroit pour récupérer un peu de sommeil. Toi, je crois, tu regardais la télé. Jusque tard dans la nuit.

Je ne te regardais plus, je ne te comprenais plus. Tu aurais pu prendre en feu, dans la cuisine en faisant des frites, cela ne m'aurait pas sortie de mes pensées. Ton bras aurait pu se prendre dans le broyeur du lavabo, des escouades venir t'arrêter le matin très tôt, équipées de menottes, sorties tout juste du sommeil ; quand j'étais avec toi, le plus souvent, malgré les demandes des enfants, j'étais ailleurs, dans mes pensées. Là où je retrouvais des champs où gambader, des plages où laisser des traces et faire des dessins. Je voyageais au centre de ma tête, et rêvais de cette vie que je n'ai pas eue, moi non plus. Tout compte fait. Tu aurais pu ne pas rentrer dormir, si tu l'avais voulu, cela ne m'aurait pas fait sursauter au beau milieu de la nuit, seule dans ce grand lit.

7

Tu ne comprenais rien. Ce n'était pas de ma faute si tu ne comprenais rien. Je t'expliquais des choses, parfois même en criant, parfois même en prenant le temps de garer la voiture sur l'accotement de l'autoroute, pour bien t'expliquer, en détail, patiemment, scrupuleusement, avec des gestes, de quoi il en ressortait. Rien à faire. Tu ne comprenais rien. Encore moins que rien. Nada. Je parlais à trente-cinq degrés nord, tu répondais à quatre-vingt-quatre degrés sud-est. Je te demandais d'acheter du lait, et tu revenais avec une boussole. Comme si je risquais, avec la vie que je menais, de me perdre un jour dans les bois. Déjà que je me perdais dans Montréal. Je te rappelais de ne pas oublier de sortir le chien pour qu'il fasse sa crotte et son exercice, et tu m'achetais des piles à combustion lente. Au dessus cuivré. Deux paquets de douze. Pourquoi ? Pourquoi des piles à combustion lente ? Le chien finissait par faire pipi par terre, dans la cuisine près des chaises. Et c'est moi qui torchais.

En ce qui te concerne, je sais que je ne comprenais rien non plus. Je n'écoutais pas, je faisais comme si je n'entendais que les oiseaux dans la cour, ou les cigales qui n'existent pas. Dans ma tête, j'entendais des violons. Tandis que tu me parlais de choses importantes à propos de la maison et des assurances, de nos passeports et de nos retours d'impôts. Tu parlais plus fort, toi aussi, avant de finalement te taire à tout jamais, mais cela ne modifiait pas d'une miette le fond de ma surdité. La surdité de celle qui ne veut pas. Tu m'écrivais des lettres, tu me chantais des ballades, toi qui n'étais pas doué pour la guitare, et je ne bougeais pas. Tu pratiquais l'automutilation dans notre chambre à coucher, salissant chaque fois les draps, blancs de surcroît; tu répétais et redisais, mais je te trouvais con, et cela voulait tout dire. Je te trouvais con et je ne t'écoutais plus.

Tu faisais des blagues et je ne riais pas. Tu traversais la moustiquaire avec ton drink à la main et je trouvais ça normal. Je criais à l'aide parce que je m'étais enfermée dans le garage et qu'il commençait à faire froid, et tu ne m'entendais pas. Je t'entendais prendre une douche, je criais, et tu ne répondais pas. Tu te déguisais pour faire peur aux enfants, et je ne te trouvais pas drôle. Tu faisais des jus d'orange et je n'en voulais pas. Tu rêvais d'un appartement au centre-ville, et je voulais une ferme à La Prairie. Tu prévoyais aller au zoo, et je n'avais pas le temps. Je te proposais d'aller au resto, pour occuper l'ennui, et tu souffrais de diarrhée une demi-heure avant de partir.

Nous aurions pu divorcer. Plutôt que d'aller mourir bêtement sur un terrain de golf. Comme on crève dans un ruisseau. Nous aurions pu ne pas rester campés sur nos positions. Il aurait été pensable de changer de métier, de tout simplement partir et de suivre le rythme qui s'ensuit. Comme on surfe sur une vague. Jeter nos vêtements pour en racheter d'autres, des plus neufs. Il y avait bien sûr autre chose à faire. Nous n'étions pas allés au bout de nos possibilités. Nous n'avions pas tout essayé. Tu aurais pu partir vivre chez un ami, momentanément, ou moi partir vivre chez ma mère, comme dans les téléromans où l'on parle de la vraie vie, et tenter de voir autrement le tableau. Nous aurions pu faire du tricot, ensemble, ou prendre des cours de tango, ensemble, ou dessiner, ensemble, faire du vélo, aller cueillir des champignons, aller manger au resto, regarder des photos, planifier des voyages, collectionner des cartes postales, nous passionner pour la marche en forêt. Ensemble.

Tu aurais peut-être dû prendre une maîtresse. Comme bien d'autres l'ont fait avant toi. La voir en cachette, faire avec elle des sorties loin du quartier, à l'autre bout de Montréal pour ne pas être remarqués. Fréquenter des motels, acheter des préservatifs toutes les semaines, essayer de nouvelles perversions, regarder avec elle les films porno que je ne voulais pas regarder avec toi. Mais tu ne l'as pas fait. Tu avais perdu la force. Comme moi, il te manquait la fougue et la jeunesse. Avec trois enfants sur le dos, on est loin du cheval et de la plage au soleil couchant. Tu aurais pu pourtant, tant qu'à mourir, risquer le tout pour le tout. Il nous manquait le dynamisme et la fraîcheur. À toi comme à moi. C'est pour cela que nous faisions autre chose. Autre chose que de nous aimer, que de faire l'amour, que de prendre des douches ensemble, que d'écouter des films dans le noir avec une couverture.

Peut-être aurions-nous dû nous séparer. Nous qui ne voulions tellement pas en arriver là. Mais nous qui étions aussi devenus comme tout le monde, à la longue. Nous évitions d'aborder cette discussion, de crainte de perdre le contrôle et de se rendre, de fil en aiguille, mais plus vite que prévu, jusqu'à la rupture finale. Nous attendions que le temps passe, nous attendions de voir, de ne plus être capables. Ce sont les enfants qui ramenaient la soupe chaude. Nous n'en parlions pas, retenions notre souffle, et pourtant, eux, le savaient. Une collègue au bureau assure que les enfants savent toujours ce que les parents ne disent pas. Quand elle m'a dit cela, j'ai renversé une pleine tasse de café au lait sur sa robe, en m'excusant mille fois pour changer de sujet. Une fois, la petite t'avait demandé si tu allais bientôt te décider à partir. Dans un moment de silence où tu ne pensais même plus à cela. Après le bifteck.

En avalant ses haricots. Insinuant que c'était à toi, papa, de quitter la table. Et je m'étais souvenue de ce souper cruel. La cruauté des choses sincères, quand elles sortent de la bouche des plus petits.

8

Tu n'aimais pas faire de sauts en parachute. Quand nous partions toute une bande d'amis dans le Bas-Saint-Laurent, lors d'une journée organisée de sauts en parachute, tu ne souhaitais pas vraiment te joindre à nous. Tu ne te précipitais pas non plus à ces journées de combats de balles de peinture. Tu ne trouvais pas ça con, mais tu ne venais pas. Année après année, tu évitais la traditionnelle sortie à la cabane à sucre. Le kayak ne t'attirait pas. Tu aimais un peu les films d'horreur ; assez pour en louer parfois avec Léopold qui grandissait, mais tu ne t'intéressais pas aux ordinateurs, ni aux programmes informatiques, ni aux jeux vidéo. Comme tu ne jouais pas de musique, tu ne partais pas, comme d'autres le font, répéter avec ton *band* dans le garage, comme d'autres encore partent jouer au hockey, avec leurs *chums* le vendredi soir, très tard vers minuit.

Tu ne faisais pas de sport. Tu ne t'entraînais pas au gym et ne t'en faisais pas pour ton corps qui se bloquait au moindre étirement. Tu n'étais pas le genre de personne pour qui quelqu'un serait venu pleurer, si un malheur l'avait foudroyé. Ton rêve n'était pas de passer tes fins de semaine dans une maison de campagne. Tu ne faisais pas souvent la fête, pas de cheval, pas de plongée sous-marine, pas de marche en montagne, pas de baseball, pas de bénévolat. Tu étais mon mari, et les choses de la vie susceptibles de te passionner se comptaient sur les doigts d'une main.

Tu étais comme une sauce qu'on avait fait réduire. Tu étais moins dilué. Concentré, polarisé par trois ou quatre bidules, que tu aimais à fond, auxquels tu semblais t'accrocher.

Tu ne perdais pas encore tes cheveux, mais avec le temps et le sérieux qui s'immisce inexorablement, tu avais cessé de te les teindre en rouge. Tu ne buvais plus comme aux premiers temps de notre rencontre. Tu étais beaucoup moins fou. Je ne te cherchais plus la nuit dans Montréal, parce que j'étais restée sans nouvelles depuis trois jours. Pour toi, j'avais cessé de m'inquiéter. Je ne faisais plus comme autrefois. J'avais découvert autre chose, une autre façon de vivre, à la longue. Mes priorités avaient changé.

Tu avais changé toi aussi. Tout comme les arbustes devant la maison, comme les enfants s'en allant à l'école, comme la petite qui, un jour, a commencé à se tenir sur ses jambes et qui est parvenue à marcher. Le quartier avait changé, nous avons même déménagé. Nous avons rafraîchi la couleur des murs du salon, même les roches, assises depuis des siècles sur le terrain du parc, avaient grossi. Comme tout, comme les pubs à la télé, les voitures et la musique, nous avions changé. Notre enfance, à tous les deux, ne faisait plus partie du passé, mais de l'ancien temps. Il nous arrivait ce qui était arrivé à un milliard de personnes avant nous. Nous n'avions pas fait mieux.

Montréal aussi avait changé. On parlait de remettre un tramway sur rails. Ailleurs dans le monde, les chaussures Doc Martens étaient désormais fabriquées au Bangladesh. Du jour au lendemain, tu avais cessé de faire des photos. Je crois qu'en dix ans, tu n'as pas pris plus de deux photos de moi. Celle où je suis sur la plage avec la petite dans les bras, en forme de bébé naissant, et l'autre à Paris, sur le balcon de notre hôtel, à contre-jour. Tu avais aussi arrêté de faire du camping, alors que de te retrouver dans les bois comptait beaucoup pour toi à l'époque. C'était vital, disais-tu. Mais tu n'y allais plus. Et tu ne parlais plus de rénover une maison destinée à devenir celle de tes rêves non plus.

9

Il paraît qu'il faut se méfier des individus qui changent subitement, quand ils prennent de grandes décisions au lever du lit, trop promptement pour ne pas éveiller les soupçons. Tu avais grossi, tu faisais moins attention à ta personne. Tu n'avais plus d'orgueil, et il t'arrivait de ne pas te laver pendant plusieurs jours. Au lever, tu renfilais les pantalons de la veille, laissés sur la chaise, et remettais les mêmes chaussettes. Tu partais travailler sans te brosser les dents, oubliant de te couper les ongles ou de te placer grosso modo les cheveux. Comme un scientifique fou, tu partais au cœur de l'aube, attendre l'autobus au coin de la rue, trop peu vêtu, sans ton foulard, à la merci des courants d'air.

Dans les soupers avec les amis, tu parlais moins. Tu ne faisais plus de blagues comme avant. Tu paraissais dans la lune et semblais attendre que le temps passe. Tu ne prenais plus de dessert. Plus de café de peur de ne pas dormir. Pas trop de sucre, pas trop de gras, surveillant tes glucides et tes lipides, alors que tu ne faisais jamais d'exercice. Tu vérifiais ton taux de sucre et craignais de ne pas digérer certains aliments. Tu étais devenu fragile. Surtout, tu avais perdu ton esprit. Ta vivacité, ton sens de la répartie, évacués à même les eaux usées. Ton sens de l'humour s'était métamorphosé en blagues de mauvais goût, embarrassantes. Deux fois sur trois à côté de la plaque. Nous faisant regretter de ne pas avoir la faculté de disparaître dans les craques du plancher. Ou de revenir cinq minutes en arrière.

Tu ratais de plus en plus de choses. En raison de la désillusion dans mon regard, tu avais commencé à faire brûler ta croustade aux pommes. Tu aurais demandé une augmentation de salaire à ton chef de service que tu ne l'aurais pas obtenue. Le petit avait besoin de faire réparer sa roue de bicyclette, et tu ne savais plus comment faire tenir la rustine. Tu ne savais plus rien. Tu n'étais plus là pour personne, et plus personne ne semblait là pour toi. Tu ratais l'autobus, restais en panne dans le métro surchargé, oubliais d'enlever ton pantalon de pyjama avant de prendre ta douche. Ça se passait mal pour toi. C'est le moins qu'on puisse dire.

10

Je n'étais pas une femme comme les autres. Peut-être pas même un être humain normal. Lorsque quelqu'un m'offrait une plante à mon anniversaire, je ne pensais pas à l'arroser. Si j'avais eu un chat, il serait mort de faim, au milieu de la cuisine. Lorsque j'étendais des vêtements sur la corde à linge, je ne m'occupais pas de les rentrer. Chaque fois, ils pouvaient rester là, plusieurs semaines, à se faire rincer régulièrement par les orages d'été. Infestés de perce-oreilles cherchant l'humidité. Une fois mémorable, j'avais mis des draps, tout bleus, à sécher. On annonçait de la pluie, le ciel se couvrait, au loin, l'horizon grondait. Il aurait été normal de se dépêcher de les retirer de la corde à linge. Pas pour moi. Cette fois-là, ils sont restés suspendus tout un été. Il a plu dessus, ils ont séché, puis plusieurs autres averses sont venues les retremper. Jamais je ne suis allée les retirer. Et comme tu ne pensais pas non plus à les enlever, ils ont fini par moisir et par devenir croustillants. L'automne venu, ils ont gelé sur la corde. Au bout du projet, ni toi ni moi ne savons ce qu'ils sont devenus. Ils se sont volatilisés. On se souvient des draps, décorant le jardin durant des mois, mais personne ne sait comment ils ont terminé leur existence.

Lorsqu'une personne attrape une contravention de stationnement devant chez elle, elle grommelle un temps, paie la contravention et finit par apprendre que devant chez elle, à telle heure, il est interdit de mettre sa voiture, sous peine de commettre une infraction. Pas moi. En raison de la restriction du devant, j'ai dû me prendre une centaine de contraventions. Toujours la même, se répétant à l'infini. Comme une taxe. Une punition.

Je trouvais que la vie me coûtait cher. Plus cher que pour une autre. J'avais beau faire des calculs, je ne comprenais pas où allait notre argent. Je perdais ma sacoche, je perdais mon téléphone portable, je perdais des livres qu'on me prêtait, je perdais ou détruisais des cassettes de musique dans la voiture. Régulièrement, je perdais mon portefeuille avec toutes mes cartes dedans. Je perdais une seule de mes chaussures. Je perdais mes lunettes fumées, parfois plus de quatre paires par an. Chaque fois je devais en racheter. Je perdais, aussi, peu à peu, l'amour que j'avais pour toi.

Plusieurs fois par an, je me retrouvais impliquée dans de petits accidents de voiture. Des accrochages. Juste pour dire, pour abîmer la carrosserie. Et laisser des marques. Je ne changeais pas mes pneus d'été pour des pneus d'hiver, quand la bise se présentait. Je ne faisais jamais de changements d'huile, je chargeais le coffre de choses éparses et de vêtements que je ne triais pas. Nous ne pouvions pas utiliser le coffre arrière parce qu'il demeurait toujours archiplein. La voiture était devenue une sorte de garde-robe de secours, une pièce de plus à notre maison ; un cabanon de jardin, rempli de pelles, de pioches, de vis et de boulons, de gamelles et de bidons. Un hangar.

Je n'avais pas toute ma tête à moi. Déjà petite, on disait que j'avais une fissure dans la tirelire. J'étais jolie, gracile, mais on ne se faisait aucune illusion quant à la lumière au bout du tunnel. Toute ma vie durant, j'allais devoir faire les calculs en fonction de ce cafard. Pas le cafard d'un mal de vivre, mais celui d'une blatte. L'insecte. Je vivais avec une blatte dans la tête, comme d'autres vivent avec un animal domestique. J'oubliais souvent où j'avais laissé ma bicyclette, et je ne pensais pas toujours à refermer le robinet après m'être brossé les dents. Combien de fois la salle de bain fut inondée par ma faute ? Je ne sais plus. Ce n'est pas à moi que l'on confiait des clés, lorsqu'il y avait des clés à confier, ni à moi que l'on demandait de faire cuire un œuf. C'était trop risqué. J'aurais mis le feu. Mes cousines m'appelaient « toc-toc ». Mais elles, elles étaient grosses, et ce n'était pas mieux.

S'il y avait des restes après le repas du soir, je ne pensais pas à remballer le pain ni à ranger les choses dans le frigidaire. Je laissais tout en plan, partie faire autre chose jusqu'au coucher. Lorsque j'épluchais une patate, je ne mettais pas les pelures à la poubelle, même en juillet, avec les mouches, les portes ouvertes et les drosophiles. On ne m'avait pas appris. Je ne savais pas comment plier des serviettes, pas comment repasser un pantalon, pas comment faire des conserves, pas comment donner un simple coup de balai. Je ne payais pas mes comptes et des huissiers débarquaient chez nous régulièrement. J'oubliais. Le tout finissait par s'arranger. Au fil d'arrivée, il me fallait des heures pour arranger les arrangements des arrangements. Il pouvait m'arriver de frôler la prison, la cour et la justice. Objectivement, je n'étais pas un être humain normal. Biologiquement, l'ensemble fonctionnait normalement, mais pour le reste, c'était comme si je m'étais échappée de la prison du comté. On aurait pu me retrouver en pyjama, à gambader sur la voie d'accotement des autoroutes, et cela n'aurait surpris personne.

J'étais sans doute un peu fofolle, mais pas si folle que cela non plus. Je me rappelais toujours de mon prénom, connaissais mon adresse et mon numéro de téléphone, me souvenais du sourire de mes parents et de la maison de mes grands-parents. Je savais qu'il fallait se laver les dents le matin, se coiffer un peu et finir par se coucher le soir quand on était fatigué. Je n'étais pas totalement désaxée. Pas totalement.

Au moment de quitter la maison, je ne savais jamais où se cachait ma sacoche, jamais où se trouvait mon appareil photo, et pouvais chercher mes clés ou diverses autres bricoles de dernière minute, interminablement, pendant que vous m'attendiez, tout habillés, entassés les uns contre les autres dans l'entrée. Chaque fois que je louais un film, la location me coûtait trois fois le prix de départ, parce que jamais je n'arrivais à éviter les multiples retards. Je me souviens qu'un jour, alors que j'étais sortie de la maison en oubliant de fermer la porte de derrière, tu t'étais fâché et m'avais demandé si j'étais bien certaine d'avoir un cerveau dans ma boîte crânienne. Je l'avais mal pris. Je l'avais mal pris, mais maintenant que tu es mort, à toi seul en prière, je peux l'admettre. Même si j'hésiterais avant de le crier aux collègues du bureau, il est possible que ce type de comportement résulte d'une complication au niveau du cerveau. Effectivement. Mais je fais des efforts. Comme pour la physiothérapie et la réadaptation progressive, en me concentrant, il est possible pour moi de conduire une automobile, par exemple. Parfois, je relativise la situation, et me dis que cela pourrait être pire. Je ne vais pas non plus jusqu'à me planter un cornet de crème glacée dans le front, par manque de précision. Et je reste capable de me souvenir d'ouvrir la porte vitrée d'un commerce, avant d'y entrer pour faire une course, pour ne pas me fracasser le crâne contre la vitrine. Une manière comme une autre de se consoler. On a chacun ses trucs et ses excuses.

Je vivais tant bien que mal avec cette affection. Il était impensable pour moi d'aller quérir quelqu'un à l'aéroport : les trois quarts du temps, je ratais la sortie sur l'autoroute, et déboulais spectaculairement l'intégral des escaliers mécaniques, une heure trop tard, jusqu'au comptoir des passagers oubliés. J'étais distraite. Si j'avais été élevée par des religieuses, on m'aurait trouvée étourdie. Et on aurait peut-être insisté pour que je parte en Afrique, question de me perdre dans une mission risquée. Ou alors, on aurait voulu me faire cloîtrer. À l'abri des loups.

Pendant longtemps, j'ai pu gagner des points en ayant l'air mystérieux. En fait, mon déficit de l'attention avait pour effet de me donner l'air mystérieux. Comme les femmes que l'on trouve intrigantes. Je ne parlais pas, évitant les risques inutiles. Mes silences et mes réserves me plaçaient en quelque sorte au-dessus de tout. Au-dessus du monde qui s'écroule. J'étais une jeune femme modérée, finalement, soulevée par un doigt de poésie, une miette évaporée, améliorée d'une touche de balourdise. Je le dis aujourd'hui, aujourd'hui que j'ai tout perdu, mais ce n'est pas de gaieté de cœur. Je l'avoue, je l'admets. On peut être niaiseuse et gentille. Et être une bonne mère et avoir un carnet d'adresses, un téléphone portable et des amis. Et accomplir de grandes choses. Des choses qui restent.

J'étais ahurie.

11

Dommage que tu sois mort. Quand je pense à la vie qui continue, je me dis que c'est vraiment dommage d'en être arrivé là. D'un point de vue dramatique, tu es parti un peu trop tôt. Comme un personnage principal qui partirait avant la fin du troisième acte.

Tu ne seras pas là pour tenir tes promesses envers ton plus grand ; tu lui avais dit que tu serais là, pour être fier de lui, quand il réussirait plus tard dans son métier, ou lorsqu'il conduirait sa première automobile. Quand il irait passer ses examens pour entrer au collège, ou qu'il sortirait de l'université, si jamais il s'y rendait. Tu ne seras pas là quand la petite fera des étirements à ses cours d'éducation physique, et qu'elle voudra te montrer comment elle fait à l'école, avec les gestes et tout. Tu ne seras pas là et c'est con. Pas là pour regarder les fleurs pousser, le jardin qui évolue, les chats qui grossissent, le rhododendron qui semble heureux dans la véranda. Pas là pour les choses importantes. Mais ce qui est trop injuste, c'est que tu ne seras pas là, près de moi, quand je partagerai un prochain lit avec un autre homme, un autre homme qui me prend sans que tu sois là, et qui me fera vivre des voluptés à propos desquelles tu ne savais rien. Mais tu ne seras plus là, à ce moment-là. Et c'est la vie qui est ainsi faite, et qui fait que les choses changent et continuent tout de même, tout de même sans nous, sans chacun de nous. Puisque la Terre ne fonctionne pas pour nous. Et que la nature n'en a rien à faire de notre bonheur.

C'est bien joli, les saisons qui reviennent, les rosiers qui fleurissent et les oiseaux qui chantent, mais tu ne seras pas dans le secteur, lorsqu'il s'agira d'être un grand-papa. Les enfants de tes enfants n'auront pas de grand-père. Il faudra bien qu'on leur explique. Je crois que je t'en veux, du plus profond de mon cœur, de m'imposer d'avoir à leur expliquer cela. À des enfants de cinq ans qui se demanderont pourquoi. Pourquoi cette histoire de papi quand il était jeune homme, dans la mi-trentaine, qui s'est fait foudroyer par des éclairs, la nuit probablement, alors qu'il gambadait bêtement sur un terrain de golf. Alors que tout le monde sait qu'il ne faut pas traîner sur des terrains de golf, ni sous des arbres d'ailleurs, quand il pleut et que rugissent des orages électriques. Encore moins avec des bâtons de golf.

Tu seras loin. Tu auras froid, l'hiver sous la terre, immobilisé dans la glace. Alors que nous, nous aurons encore du feu dans nos cheminées, qui crépite et jaunit. Pas là non plus pour avoir ta revanche sur les idiots qui n'ont pas été gentils avec toi, parce que tu étais plus beau et que tu avais davantage de talent. Je parle d'une époque lointaine, sur une autre planète. Avant que je n'arrive dans ta vie.

Pas là pour te reposer. Encaisser ton régime d'épargne-retraite. Courir après les papillons dans les champs et prendre la petite sur tes épaules. On ne peut pas être partout. Personne ne peut être mort et se manifester dans le cadre de porte, les bras chargés de cadeaux, lorsque vient le moment de partager le gâteau d'anniversaire de ses enfants. Cela ne s'est jamais vu. Cela n'est jamais arrivé.

12

Tu rêvais de vivre seul. En paix. Même si de cela non plus tu ne me parlais pas. Je sais que lorsque je te voyais réfléchir, et ne rien dire et te mordre les lèvres, tu souhaitais t'en aller. Vivre ailleurs. Partir loin. Un peu comme tout le monde le désire, cinq minutes par semaine.

J'avais tout le nécessaire pour savoir à quoi m'attendre. Je me souviens, peut-être un mois avant ta mort, que tu m'avais parlé de ce type que vous aviez vu en Martinique, ton frère et toi, quand vous étiez plus jeunes, en vacances. Vous ne l'aviez pas vraiment rencontré puisque vous n'aviez pas essayé de lui adresser la parole, mais il avait planté sa tente pas trop loin de la vôtre. Il était seul, et ne parlait pas. Sa présence t'avait intrigué, justement à cause de sa solitude apparente. Avec son campement monoplace. Il ne jouait pas de guitare, ne faisait pas de photo et ne paraissait pas être là pour les vagues et la planche à voile.

Un jour, deux personnes sont venues le voir. Un homme et une femme, d'un certain âge. En tous cas pas mal plus vieux que lui. Ils avaient parlé tous les trois, puis subitement, sa tente avait disparu, avec ses quelques affaires. Et le type en question également. Il était resté là un peu plus d'un mois, sans rien dire à quiconque, presque sans parler, sauf au responsable du camping, qui était plus tard venu vous expliquer ce qui s'était passé. En fait, ce type avait pété les plombs. En France, il était instituteur, et devait sans doute mener une existence de merde. Puisqu'il avait décidé, un matin, de tout plaquer. Peut-être avait-il fait fausse route et s'était-il retrouvé embourbé dans une vie qui ne devait pas être la sienne. Sans rien dire, il avait tout plaqué et était venu se réfugier en Martinique, sur ce terrain de camping, sans rien dire. On avait d'abord fait des recherches dans les environs, en appelant ses amis, ses collègues, son employeur, en visitant les endroits qu'il fréquentait, en examinant les traces dans son automobile, avant de se rendre compte que sa disparition commençait à relever du sérieux.

Il avait fallu presque un mois pour le retracer. Le couple venu pour tenter probablement de le raisonner, était ses parents. Leur fils avait voulu quitter sa vie de merde : le travail, les comptes, les études inutiles et la copine qui n'arrangeait rien. Tu avais été très intrigué par cet homme, encore jeune, dans la trentaine, et m'avais raconté cela comme un souvenir revenu d'hier. Cela t'avait appris qu'il était possible de péter les plombs et de tout bazarder. Par lâcheté, diraient certains, ou pour s'extirper de la vie, et tenter de tout reprendre depuis le début. Même si ces choses ne marchent jamais. Cela, au moment de se lancer vers l'aéroport avec son baluchon vite fait, il ne le savait pas.

Tu me parlais de plus en plus souvent de gens qui plaquaient tout. Vers la fin, je me rappelle, à trois reprises au moins, tu étais revenu sur ce thème. Tu étais intrigué. Tu avais vu un reportage à la télé où des hommes, ou des femmes, étaient partis au travail un matin, comme d'habitude, après le café, le rasoir électrique, les enfants, les déjeuners et la demi-heure de trafic, pour ne plus jamais rentrer. Certains préparaient leur coup longtemps à l'avance, avec tous les détails et les papiers, et d'autres non. Ils quittaient ainsi leur vie, une vie pour laquelle ils considéraient ne pas avoir signé. Ils étaient frustrés. Et choisissaient de s'éjecter. *Tabula rasa.* Parmi eux, il y en a qui ont réussi et que l'on n'a jamais retrouvés. Ils avaient dû changer de pays, voire de continent, opter pour une nouvelle identité, mentir sur leur histoire antérieure. Et faire comme si de rien n'était. Sans jamais se retourner. Un peu comme ont dû le faire les anciens criminels nazis, une fois la guerre terminée, en venant s'installer au Canada, en Suisse ou ailleurs, pour se refaire une vie, avec de nouveaux amis, un nouveau métier, une fiancée toute neuve et une histoire sordide à propos de leur famille, perdue dans un lointain passé ou morte à la suite d'un bête accident de chemin de fer. Un truc qui ne tient pas debout, mais qui réussit à en subjuguer plus d'un. Pour se refaire une vie. Et oblitérer ce passé irréfutable.

Des gens qui n'aimaient pas leur vie. Et qui avaient le courage de faire ce que d'autres n'oseraient jamais. Tu me parlais de cela. Et sur le coup, je ne comprenais pas pourquoi ces balivernes t'intéressaient. Je me disais que c'était une autre de tes sornettes. Et je me levais pour me faire un thé. Je ne comprenais pas que tu étais en train, peut-être sans t'en rendre compte toi-même, de me traduire ton envie de disparaître. Tu voulais tout laisser tomber. Pour devenir mime. Chanteur dans une brasserie. En région. Pour traverser les États-Unis en monocycle, avec une fleur et une casquette. Sauver des orphelins en République centrafricaine. Faire quelque chose de fou. Comme grimper des gratte-ciel avec des ventouses, ou devenir magicien et réaliser de nouveaux trucs, inouïs. Mais te barrer.

Plus simplement, tu caressais l'ambition d'avoir ton appartement. Avec tes choses à toi, rangées où il se doit. Savoir enfin où sont les ciseaux, la râpe à fromage, le ruban adhésif lorsqu'on en a besoin. Tu rêvais de comprendre pourquoi il y avait telle ou telle chose dans le frigidaire, à pourrir sans se plaindre. Avoir un espace où je n'aurais pas pu faire le bordel aurait été l'équivalent de remporter plusieurs millions de dollars à la loto. Cela t'aurait permis, croyais-tu, de te reposer. Tu te retrouvais à vivre une vie à l'envers de ce pourquoi tu étais parti de chez tes parents à dix-neuf ans, vingt ans plus tôt, pour mener une vie qui te ressemblerait, comme tu le voulais, à cheval sur les principes qui étaient encore les tiens, à l'époque où tu en avais encore, avec tes goûts à toi, tes photos, tes objets, tes livres, ta musique, tes valeurs. Tu ne voulais pas revenir en arrière, mais tu n'arrivais pas non plus à te rappeler les raisons d'autrefois.

Tu rêvais d'itinérance, et de n'avoir comme seul souci que de ramasser quelques dollars dans ta journée pour parvenir à te payer un café chaud. Un lait, deux sucres. Tu rêvais d'être ailleurs. Tu admirais toute personne qui n'avait pas la même vie que toi. Tu les trouvais chanceux. Tu souhaitais être un autre. N'importe qui. Même un nain, tu aurais préféré être. Même avec une jambe en moins.

Tu aurais pu suivre des cours de pilotage. Et disparaître en simulant un écrasement d'avion. Dans les arbres ou dans l'eau. Tu aurais pu t'enrôler dans les Forces armées, et t'arranger pour ne pas revenir. Te faire passer pour un Yougoslave, et rester à errer dans le comté. En te faisant passer pour un officier perdu, quelque part lors d'une mission. Ni mort ni blessé. Mais disparu. Au détour d'une clairière, un peu avant le déjeuner. Un trou, une mine, une embuscade. Cela arrive, parfois. Rarement, mais parfois.

Mais tu as préféré ce terrain de golf. Dans le noir. La nuit. Vautré dans une pelouse qui imbibe tout. La chair et le sang.

13

Je n'étais plus là. Je n'étais plus avec toi. Je l'ai déjà dit, tu aurais pu prendre en feu dans la cuisine, je ne m'en serais même pas rendu compte. L'odeur subite de cochon grillé ne m'aurait pas distraite de mes activités. C'est l'alarme, une fois trop tard, qui m'aurait prévenue ; tout juste à temps pour sortir en vitesse avec les enfants, mais trop tard pour tenter de t'éteindre avec un seau d'eau. Tu aurais pu, en bricolant dans le moteur de la voiture, recevoir une pleine giclée d'acide à batterie dans les yeux, te rouler par terre et hurler de douleur, je t'aurais demandé d'attendre que j'aie d'abord terminé mon café pour alerter les services d'urgence.

Je ne te regardais jamais. Tu te rasais la moustache et j'étais la dernière à le remarquer. Tout le monde te faisait des réflexions sur ton nouveau look, et moi je te parlais de la poubelle qui sentait mauvais. Tu aurais pu t'habiller avec des vêtements de femme pour aller travailler, je n'aurais rien vu, je n'aurais pas sursauté. Tu n'existais plus pour moi. Encore un peu, et je t'arrosais en même temps que les autres plantes de la véranda. Deux fois par semaine. Avant de t'emmener faire une balade au parc pour ton pipi quotidien, avec ta laisse et mon petit sac de plastique. Te confondant avec le chien.

Je ne te trouvais plus beau. Je trouvais que tu puais et ne comprenais pas comment tu pouvais porter deux fois la même paire de chaussettes. Je t'entendais respirer, la nuit, et cela m'énervait. Je te voyais prendre deux aspirines parce que tu avais sans doute mal à la tête, ou aux dents, et tu m'énervais. Les disques que tu choisissais de faire jouer me mettaient à cran, et je trouvais que c'était toujours trop fort, trop gai ou trop triste, trop vite ou trop lent. J'entendais ton père au téléphone et je pensais à toi qui vieillirais de la même façon. Et cela me faisait penser à la vieillesse et à notre retraite et je devenais déprimée. Je voyais ta mère s'occuper des enfants et je me sentais tout de suite en compétition avec elle. Je n'en pouvais plus. Toute seule dans mon coin avec mes affaires, toute seule dans la voiture au retour du travail, dans mon bain ou la tête dans la machine à laver, je n'en pouvais plus.

Au cours de notre vie, il y a eu des moments où je trouvais que tu faisais pitié, et d'autres où, carrément, je te méprisais. Il m'arrivait de te regarder, c'est vrai, et j'avais les yeux qui s'embuaient tant tu étais minable. J'avais alors atteint l'acmé. C'est durant ces épisodes que j'ai véritablement commencé à m'en aller. Pour ce faire, j'ai eu besoin d'aide. Je n'y suis pas arrivée toute seule. La drogue, je l'ai découvert, peut parfois venir sauver une situation.

Tu aurais pu te faire couper un bras dans un accident de la route, ou dans une machine à l'usine, si par exemple tu avais travaillé dans une usine, entouré de métal fondu et de cisailles, et je ne me serais ni rendu compte de ton hospitalisation, ni de la longue année de réhabilitation qui se serait ensuivie. Comment se rendre compte d'une pareille chose, quand on ne se rend plus compte de rien? Pareil à ceux qui font de l'Alzheimer. Tu aurais pu revenir en fauteuil roulant, les yeux crevés, les cheveux calcinés; tu aurais pu exploser dans notre automobile, te faire mordre au cou par un chien dans un parc, être recherché par une bande de Noirs très sérieux et pas du tout dressés pour rire, ou ne pas rentrer pendant plusieurs semaines de suite, cela n'aurait rien changé à ma ligne de conduite, droite et détachée.

Entre-temps, ou peut être conséquemment, tu ratais tout. Et tu m'abasourdissais. Tu parlais, et ça faisait comme un bourdonnement dans ma tête. Comme un climatiseur qu'on n'entend plus. Le filtreur d'une piscine creusée. J'avais toujours l'impression, en ta présence, de m'être fait piquer par une guêpe africaine. Une mygale. Dont le venin endort et paralyse.

Avec toi, j'avais compris ce que veut dire « avoir un sourire pincé ». Juste à te regarder, j'entendais le sang battre dans mes tympans. Je trouvais tout à coup que tu ronflais. Des comportements qui ne me dérangeaient pas, avant, et qui prenaient, par la force des choses et les variations du temps, une autre ampleur. Quelque chose d'insoutenable. Tu achetais des pêches, et elles s'avéraient blettes. Tu préparais des *grilled cheese* et parvenais à faire fondre le manche du poêlon durant la prestation. Tu avais changé. Et les enfants commençaient à décrocher de mauvaises notes à l'école, alors qu'ils avaient pourtant débuté l'année en force.

14

Tu aimais quand j'étais jeune et qu'il m'arrivait encore de mordre dans la vie. Tu aimais ma confiance et mon air de voguer au-dessus de tout, le vent dans les voiles. Tu aimais les rêves que j'avais en moi et que je te racontais en déjeunant. Tu aimais le soleil dans mon appartement. La fenêtre qui ne se fermait pas très bien, et moi qui faisais tout pour que tu m'aimes, sans trop mettre de pression. Pour ne pas te faire fuir.

Tes souvenirs étaient nets et francs. Tu aimais ma force intérieure, mon sourire dans le corridor. Je m'habillais alors avec des paréos et portais des sandales. J'étais plus jeune et fumais des cigarettes indiennes. Tu n'avais jamais vu cela et trouvais que cela sentait bon. Tu en fumais parfois en même temps que moi. Je me débrouillais avec pas grand-chose et acceptais mon sort tel qu'il était, puisque la vie et le bonheur ne se trouvaient pas dans le salaire et ces choses-là. Pas à cette époque. Je gagnais cinq fois moins d'argent qu'aujourd'hui et je m'en fichais. Je n'avais pas le dixième de mes soucis actuels, de cette vie de merde dans laquelle je me suis enfoncée, avec vous tous à ma suite, et qui m'infligeait parfois des factures extraordinaires en téléphone cellulaire. Pour rien.

Tu aimais de moi ce qui avait disparu. Ces choses que tu admirais et qui se sont perdues. Comme tout. Puisqu'il est vrai, nous le savons maintenant, que tout se perd. Nous étions beaux et sommes devenus laids. Nous étions jalousés et ces derniers temps, on nous fuyait. Les choses changent et ce n'est pas nous qui aurons réinventé la roue. Nous avions fait les mêmes choses que tout le monde, et avions récolté les mêmes trous noirs, aux mêmes endroits. Avec personne pour nous faire la leçon. Rien pour la génération suivante, qui ne pourra faire autrement que d'essayer de ne pas faire comme nous.

Tu aimais que j'aime les enfants et que je ne cherche pas tout le temps à m'en débarrasser. Je savais comment prendre un bébé dans mes bras, ou comment le placer dans un porte-bébé, pour ainsi le porter dans mon dos, par-devant ou par-derrière, sur le côté pendant qu'il dort, pour marcher ou se reposer. Je savais cela. Aujourd'hui, je ne me souviens de rien. J'ai tout oublié. La douleur de l'accouchement, les coliques, l'allaitement maternel, les fièvres, les dents, les nuits, les joues rouges, les mitaines.

15

Le système éprouvé de la garde partagée représentait l'équivalent d'un gros lot de plusieurs millions pour des gens épuisés comme nous l'étions. Les enfants et leurs caprices, tout à coup en alternance, une semaine sur deux. Comme un cadeau du ciel. Puis une semaine de répit, où l'on peut se consacrer entièrement au travail, tout absorbé par la pleine réalisation de notre vie. Gagner plus facilement de cet argent dont nous n'avons pas besoin, de l'argent supplémentaire, pour qu'il en reste une fois nos dettes épongées. De l'argent pour engager une femme qui vient faire le ménage, ramasser nos traîneries, aller porter nos sacs de vêtements à la laverie, pour que des madames bienveillantes nous les brassent et nous les rendent tout bien pliés. Payer des gens qui nous allègent la tâche, pour nous permettre de passer du temps avec nos enfants. Et pour, un peu beaucoup, travailler davantage. Les fins de semaine, les dimanches matins, certains soirs de semaine. Même lorsqu'il y a des réunions de parents à l'école, même lorsque c'est l'anniversaire de quelqu'un qui nous est cher, même au détriment des vacances que nous devions prendre et dont nous parlions depuis deux ans. Celles que nous devions prendre, quand on aurait le temps. C'est-à-dire jamais.

Une semaine de pause où je n'ai pas besoin de me demander si tu es heureux, où tu vas, comment tu te sens, si tu as eu une mauvaise journée au travail. Pour sortir au cinéma, à l'heure qui me sied, faire venir des amis et ne pas m'obliger à faire la vaisselle avant de me coucher, sans besoin de me lever à six heures quarante-cinq le lendemain. Avec rien pour les lunchs. Sans rentrer à dix-sept heures avec un bordel dans une chambre à ramasser. Rien qu'une fois sur deux. Pour concilier travail et vie de famille. Écartelés entre ce que le monde extérieur veut de nous, et ce que les enfants nous réclament, de par leur simple présence. Munis de suppléments vitaminiques dans le garde-manger et de diachylons dans la pharmacie.

Et travailler jusqu'à la défonce. Écoutant de la musique trop forte dans la voiture. Perdre patience et péter les plombs contre la pauvre caissière chez Provigo. Débrancher de plus en plus souvent notre téléphone, et devenir insolente et ne plus rien tolérer des problèmes du monde ambiant. Ne plus jamais regarder le téléjournal. Et lâcher prise. Et s'en prendre aux gens qui ne font que ce qu'ils peuvent, alors que l'on sait qu'ils ne peuvent pas grand-chose. Et vivre le moment présent en ne vivant que de cette manière. Aucune autre philosophie n'étant tenable plus de dix secondes. En ne pensant jamais à notre enfance, à nos parents (en train de mourir à l'hôpital d'ailleurs), à nos amis qui ne nous appellent plus. Depuis maintenant deux mois, six mois, deux ans. Sans idée de l'avenir ou de ce que l'on voudrait dans nos rêves renouvelés. Ne plus avoir de rêve, mais ne pas s'en porter plus mal. Faire entrer de l'argent dans notre compte de banque et le faire ressortir. Commencer à dire des phrases comme : « Ah ! Si j'avais seulement dix ans de moins... » ; « Ah ! Si seulement je gagnais le million... » « Ah ! Si seulement j'avais les fesses moins grosses... » « Ah ! Si seulement j'avais encore des cheveux... »

16

Je savais qu'au moment du soir, lorsque tu bordais les filles pour le dodo, tu te retenais pour ne pas t'effondrer. Que tous les jours, pour un rien, n'importe quand et quasiment n'importe où, tu éclatais en sanglots. Dans la voiture, en attendant l'autobus. Il t'aurait fallu une perche pour te garder en équilibre. Des piétons s'arrêtaient pour te porter secours, mais tu répondais que tu n'avais rien, que tu ne faisais que pleurer, et que ce n'était pas interdit de pleurer dans notre société, après tout. Tu déambulais de poteau en poteau, t'agrippant aux cabines téléphoniques. Aux bornes-fontaines. Tu regardais les enfants partir pour l'école, grimpant la côte avec leur sac à dos, l'un près de l'autre, et tu avais le cœur gros, jusqu'à te précipiter à l'intérieur de la maison pour ne pas avoir l'air fou devant le voisin. Tu pleurais tout le temps. Même si ce n'était pas devant nous, je le savais. Et en tant que femme, femme de cet homme-là qui s'effondre pour un rien, à cause d'une phrase à la télé, dans un film tout à fait quelconque, ou devant une coupe de fraises, allez savoir pourquoi une coupe de fraises, cela me contrariait. Plutôt que d'essayer de t'aider, je t'en voulais.

Mais je savais. Que tu regardais des jeunes faire leur entrée au secondaire, à leur première journée, et que tu en chiais dans tes culottes. Encore là, il te fallait vite rentrer, où que tu sois. Tu étais devenu nostalgique. Tu regrettais le temps qui passe. Les enfants qui grandissent, ton anniversaire, les saisons qui reviennent, les commerces qui fermaient sur la rue Saint-Denis, les autres qui ouvraient. Tout imprégnait pour toi un sentiment de perte et de fin des choses. Non plus la fin du monde, mais l'écroulement de ton histoire. Tu transpirais abondamment. Tu changeais de chemise deux fois par jour. Tu avais la peau moite et pâle. Tu me dégoûtais. Surtout lorsque tu as commencé à être pris de nausées incessantes et à vomir partout. À tout moment. J'avais honte de sortir en public avec toi et de t'avoir à mes côtés, en train de lutter contre ces reflux, cherchant les poubelles, les coins de mur ou les petits sacs de plastique. Tu étais nerveux. Anxieux. Et tu tremblais. Les jus sucrés, les fruits et le chocolat n'aidaient en rien.

La nuit, tu empruntais ma bicyclette et partais pédaler à toute vitesse dans la ville, pour te défouler. Trois fois, tu t'es fait frapper par une voiture. Rien de grave, que des égratignures et des vélos bons pour la ferraille. Mais une impression intense d'exister. Tu dévalais la côte Iberville, te faufilant entre les autos, peu importe la couleur des feux de circulation, et tu hurlais : « Je veux crisser mon camp ! » Les gens qui t'entendaient n'avaient pas le temps de comprendre ce qui se passait, tu étais déjà disparu dans la vitesse. Tu étais comme un objet céleste qui passe en coup de vent, en hurlant jusqu'à l'extinction.

Je savais. Comme je sais aussi qu'on ne peut pas vivre de la sorte indéfiniment. Et qu'une fois les culottes à terre, il est inutile d'essayer de rebrousser chemin et de faire les malins.

17

Je disais que j'avais commencé à m'en aller. Je ne l'avais pas fait directement, mais peu à peu, progressivement. J'étais restée matériellement. Mais psychologiquement, sans divorcer et passer par les avocats et la médiation, sans avoir à séparer la maison, les jouets des enfants et la vaisselle et les cuillères, sans être contraints de déménager, transférer les assurances et passer devant un autre notaire pour réécrire nos testaments, j'avais réussi à me séparer de toi, de vous. Tout en souriant le matin, tout en conservant ma voix sur le message de notre répondeur.

Il s'est produit quelque chose de tout à fait simple. Un tournant dans le droit fil de mon existence. Un mouvement de bascule complet. Quelque chose que je veux bien essayer d'expliquer, ici maintenant, en te parlant comme si tu étais encore là. Parce que je n'ai pas su le faire avant que tu partes, parce que j'avais peur et que je n'avais pas le temps. Pour l'heure, je ne peux pas prétendre me souvenir de la façon dont j'en suis arrivée là. Alors peut-être qu'en te disant mon secret, je vais me sortir du marasme dans lequel je me trouve, avec les enfants, depuis que tu es parti.

Tout a commencé avec Jean-Bernard, un employé travaillant sur le même étage que moi, de l'autre côté de la cloison. Tu vas tout de suite comprendre. Un soir, nous sommes sortis, après le travail, avec deux autres personnes. Nous étions fatigués, particulièrement moi, et nous avions encore beaucoup de boulot devant nous, du stress et des journées de dix-huit heures. Il nous fallait être aux aguets et ne rien rater ; bref, le pire était à venir, et le *rush* attendu allait durer un peu plus de cinq semaines. À ce moment-là, tu te couchais tôt. Presque en même temps que les enfants. Quand je rentrais, tu dormais, et tout était éteint dans la maison. Souvent, à cette époque, je n'avais pas envie de rentrer. Je savais que rien d'autre que la télé, où tout est nul, ne m'attendait. Jean-Bernard avait donc sur lui des sachets de cocaïne. Il parvenait à les acheter en grande quantité, et donc à moindre prix, et pouvait en revendre à ses amis, assurés de trouver une certaine qualité de produit. Il n'était pas le seul, au bureau, à travailler avec cet outil. Pour lui, déjà, c'était comme de prendre du café. Une petite dose chaque matin, sitôt sorti de la douche, avant de se garder un petit sac dans une poche, pour assurer le suivi durant la journée.

Ce n'est pas tellement vrai que ça se voit, quand quelqu'un est sur cette drogue. Même si rendu à un moment, ce n'est plus de la drogue, mais un accompagnement quotidien, tout ce qu'il y a de plus normal et ordinaire. Tu te demandes même pourquoi tu ne peux pas te faire une ligne dans l'autobus. Ça ne dérange personne, au fond. Ça ne dégage aucune fumée et ça ne concerne que celui (ou celle) qui en consomme. C'est ce que tu te dis, après quelques dizaines de fois, quand ça commence à te rendre un peu tordu. Quand tu comprends qu'il est déjà trop tard.

L'autobus. C'est un peu de cette façon que j'ai commencé. Comme après le travail, le trajet qu'il me faut faire est long, je prenais un peu de cocaïne et trouvais que ça me désennuyait. J'étais complètement plongée dans ma tête, et ne me rendais plus compte du temps qui passe. En fait, c'était comme s'il était plus facile de supporter le temps qui passe. Un simple trajet d'autobus de cinquante minutes, tout ce qu'il y a de plus simple et régulier, devenait facile. Et cela ne se voit pas. Cela passe inaperçu. La preuve, tu ne l'as jamais su. Enfin, je ne crois pas.

Tu peux travailler et vivre ta vie en prenant de la cocaïne, peut-être que cela finira par te faire mourir plus jeune, mais cela ne te rend pas fou. Cela te change, oui, mais il est difficile de dire en quoi. J'avais l'air normal. Personne ne me faisait de remarques. J'étais peut-être un peu plus taciturne, avec l'air d'être ailleurs, préoccupée par un truc intérieur. Je pensais souvent à autre chose, oubliais certaines choses importantes, mais qu'on pouvait mettre sur le compte d'une vie stressante et bien remplie. Pleine de défis.

Je trouvais cela tellement ordinaire, que quand je regardais la télé, j'avais la certitude que tout le monde était là-dessus. Nos artistes. Nos artistes préférés, qui nous suivent depuis notre enfance et qu'on voit vieillir, eux qui ont l'air de travailler trop, d'enfiler les projets extraordinaires, je me disais tout le temps qu'ils étaient sur le même produit que moi. Même ma mère, même ta mère, je me demandais si elles ne faisaient pas comme moi, si ce n'est pas ce qu'elles ont fait, justement, pour survivre tout ce temps. Je me faisais dépasser sur l'autoroute par de gros poids lourds, et je me disais que les chauffeurs étaient sur la coke. L'été était splendide, le soleil plombait, et je me disais que la nature devait être sur la coke.

J'ai débuté avec beaucoup d'assurance. Je trouvais que ce n'était pas cher payé, pour autant de bénéfices. Je me sentais plus en forme, j'avais moins peur de me faire tabasser durant les *meetings,* et cela ne me dérangeait plus de participer à des réunions de dernière instance, à dix heures le soir, le samedi, le dimanche. Je pouvais me coucher très tard, tout en sachant que je n'aurais aucune difficulté à me lever très tôt le lendemain, prête à bondir sur le marché du travail, avec l'hiver et le verglas, les collègues, les contraintes, les retards, les moments de *rush* et les coups de semonce. J'ai donc traîné sur moi un petit sac, que l'on m'avait offert au cinq à sept de l'avant-veille. Et j'ai fouillé dedans, avec une clé, pour ainsi m'avancer, doucement, subrepticement, dans une fréquentation intime, et faite pour durer, avec le remède de la cocaïne.

D'une certaine façon, j'étais virtuellement ruinée. J'allais y sacrifier une bonne partie de mes gains. Il y a cinquante ans, une pareille chose aurait été impossible. Pas de la part d'une mère de famille. De nos jours, oui. De nos jours, avec le travail qui nous subjugue, et le désir à tout prix d'être à la fois la chose et son contraire, une maman cocaïnomane, ça ne relève plus de la fiction. Peut-être cela est-il même plus répandu qu'on le croit.

Ce qui me dérangeait ne me dérangeait plus. C'était comme si tout se mettait entre parenthèses. Une fois ou deux, de temps en temps, pas de quoi fouetter un chat. Mais quand cela devient tout le temps, tous les jours de toutes les semaines, c'est comme si tu vivais sans être là. Même si tu continues de faire ce qu'on te demande, même si personne ne se rend compte de rien, si ton travail rentre au poste comme prévu, et que viennent les vacances, puis que revient le moment de la rentrée, avec les nouveaux projets d'avant le temps des fêtes, tu n'éprouves plus rien du sentiment de la réalité. Et tu te dis que le tout se déroule en respectant une certaine éthique, et que, encore une fois, tu ne déranges personne et n'enlèves rien à quoi que ce soit, que la société tourne quand même et que les enfants ne sont pas empêchés de grandir et de réussir à l'école. Ceux-ci sont contents et tout le monde est content.

Alors tu te procures un deuxième sachet. Pourquoi pas. Tu achètes en plus grande quantité, toi aussi, pour en avoir sans faute, à portée de la main, et ne pas avoir à courir à droite et à gauche, essoufflée, entre deux pauses et trois taxis, pour trouver ce que tu veux. Ce qu'il te faut, désormais. Et c'est comme un investissement. Sur le long terme, tu fais des économies. Et avec ce que la drogue te permet d'accomplir, pourquoi t'en priver ? C'est peut-être un des dangers de gagner de l'argent comme de l'eau. Quand tu achètes de la cocaïne à un rythme régulier, tu n'as plus conscience du prix des choses. Tu ne te rends plus bien compte du fric que tu y engloutis. De toute manière, cela importe peu.

C'est durant ces moments que j'ai commencé à sortir plus souvent, après le travail, le soir, une fois les enfants couchés. Je partais faire la fête, rejoindre des amis, un cercle d'amis toujours grandissant, avec qui nous discutions sans fin, avant de migrer chez l'un d'eux, pour continuer les réjouissances. C'est comme être dans un tourbillon. Comme être amoureuse tous les jours. Je rentrais tard, car je m'amusais. J'en avais besoin. J'avais besoin, après trois enfants, d'avoir du plaisir, et de m'entourer de gens moins ternes que toi. Je n'étais pas là, à la maison, avec vous, parce que j'allais faire de la coke. Jusqu'aux petites heures du matin. Je rentrais à six heures, dormais deux heures, puis repartais après trois coups de fond de teint, un café à la main, dans une tasse thermos, au bout de mon téléphone portable, écroulée au fond d'un taxi. Dans la fumée et le brouillard du petit matin sombre et glacé.

Je laissais la voiture n'importe où, j'utilisais le taxi à profusion, je ne mangeais qu'un repas par jour, je ne me souvenais plus d'avoir acheté des bottes la semaine d'avant, et me voilà tout à coup en train d'acheter une autre paire de bottes, je prenais des douches à tout moment de la journée, tant je n'avais pas le temps de me laver régulièrement, je ne te parlais plus et filais à mes rendez-vous. Je ne faisais que passer, je me rongeais les ongles, je ne retournais plus les appels d'une grande partie de mes amis, étant donné que je m'en étais trouvé de nouveaux. Les gens comprenaient. Les gens savaient que mon travail m'accaparait. Et cela était bien vu.

L'important était de n'avoir l'air de rien. De vivre comme tout un chacun et de faire semblant. C'est facile. En fait, il faut, passé un moment, que l'acte de sniffer devienne facile. On prend des dispositions pour ce faire, et chacun a ses trucs et ses stratagèmes. Un petit détour par la salle de bain, un racoin dans une cave, rapidement sous le bureau, souvent dans la voiture. Un peu plus retardataire. On développe des habiletés étonnantes pour pouvoir sniffer en deux temps trois mouvements, d'une manière dissimulée, furtivement. Dix ou quinze fois en une soirée. Sans jamais être soûle, sans jamais tituber. Sans perdre la raison ou devenir agressive. J'avais confiance en moi, je m'exprimais un peu plus fort et débitais des phrases avec une verve renouvelée.

Pour tout t'avouer, revenir sur cette période ne me fait pas de bien. Mes lèvres en tremblent encore. Rien que d'y penser. Mais puisqu'il le faut. Je n'étais plus la même, je dois dire. J'avais changé. Mes valeurs avaient changé, mes principes avaient changé. Même que la majeure partie de mes souvenirs avait changé. Il y avait des scènes entières qui s'étaient effacées. Je vivais au jour le jour. Ainsi que rêvent de le faire bien des gens. Dans le moment présent, le ici et le maintenant. Je me raclais la gorge. J'avais toujours besoin de me moucher. Même si ce n'est pas complètement vrai que tu as sans arrêt le nez qui te pique et les yeux qui s'alarment. Tout dépend de la qualité. Mais tous les drogués n'ont pas les tics et l'allure caricaturale qu'on leur attribue.

Mais la qualité ne t'empêche pas de finir par oublier des choses importantes, que tu t'essouffles à ne plus pouvoir mettre sur le compte de tes étourderies. Passé un certain cap, il est clair qu'il ne s'agit plus de féminité ou de coquetterie. Tout le monde le remarque, même si personne ne voit rien. Il m'arrivait de perdre patience promptement avec les enfants, qui me regardaient, effarés. Je leur disais de ne pas s'en faire, que maman était juste un peu fatiguée. Tu vois des gens consommer de la drogue dans des téléséries et tu te dis que c'est de la fiction, et que ce n'est pas ainsi que les choses se passent dans la réalité. Tu te dis qu'ils exagèrent et que pour toi, c'est différent.

Tu oublies si tu as dîné à midi, et si oui, tu n'as pas la moindre idée de ce qu'il y avait sur le menu. Tu n'as plus d'idée sur rien, de toute manière, parce que tout change à toute vitesse, que les jours passent comme une flèche et que tu vieillis deux fois plus vite. Tu as beaucoup moins souvent envie de faire l'amour, ce qui règle bien des choses. Ce qui simplifie la vie. Au souper, les rares fois où je rentrais à la bonne heure pour m'asseoir à la table avec vous, j'étais ailleurs, préoccupée, mobilisée par autre chose de bien plus grand que vous. Je ne disais rien, engouffrais mon repas et me rongeais les ongles. Dans cet élan infernal, c'est vrai, je vous ai abandonnés, en quelque sorte, les enfants et toi. Maman avait autre chose à faire, d'autres mailles à partir.

Je rentrais à des heures indues. Au début, tu te fâchais, mais très vite, tu ne pouvais plus rien dire, tant tes colères ne me disaient plus rien. Tu ne savais pas où j'avais passé la nuit, ni avec qui, ni combien nous étions. Tu ne savais pas si j'en profitais pour coucher avec d'autres gars, des collègues, et je ne faisais rien pour te rassurer. J'aimais bien que tu t'inquiètes et que tu ne saches pas si je te restais fidèle malgré tout. Pourquoi donc l'aurais-je fait ? J'étais mal, tout en étant bien. Avec mes petits sachets dans les poches, cachés un peu partout dans la maison comme au bureau, tellement qu'il m'arrivait d'en perdre ou d'en oublier, dans l'auto, au fond de ma sacoche, dans de vieux manteaux rangés pour l'hiver ; avec mes petits sacs, tous mes problèmes disparaissaient d'un seul coup. Mes parents, mon enfance, mon mariage avec toi, mon patron qui devient fou.

Je t'avais planté là, avec les enfants et la plus petite encore aux couches. Il t'a fallu tout apprendre et explorer des domaines encore vierges : les biberons, les purées, le petit pot, les devoirs, le lavage et le linge sale qu'il ne faut pas mélanger, le savon pour la lessive, les rougeurs sur les fesses, les pipis nocturnes. Tu as dû apprendre à rester tout seul toute une journée avec les trois enfants quand ils sont en congé, faire des sorties pour qu'ils bougent et se désennuient, pour ne pas qu'ils tombent dans la torpeur de la télé pendant huit heures. Tu as appris à faire des muffins, à gérer les sorties avec les petits amis, les fêtes d'anniversaire la fin de semaine, la maladie de l'ordinateur qui rôde sans répit dans leur vie, et dans celle de leurs amis. J'avais en quelque sorte quitté le bateau. Ce qui n'est pas facile à avouer. Et je t'avais laissé seul. Et cela n'a fait pleurer personne. Personne ne nous jugeait, tout le monde pensait que notre manière de vivre ensemble n'était qu'une manière parmi les autres.

Je n'avais pas le temps. Je me trouvais de plus en plus occupée. Avec moins de temps pour aller au cinéma, pour écouter un disque, allongée dans le noir, pour faire des déjeuners spéciaux certains matins, lire un livre, faire une balade sur le mont Royal en automne. Pas le temps. Plus j'en avais marre de toi, plus j'étouffais dans cette relation gangrenée, plus je m'enfonçais dans la poudre. J'en voyais partout. J'en voulais tout le temps. Je m'en serais mis dans tous les trous. Je te laissais te débrouiller seul avec la Régie du logement, quand l'un de nos locataires faisait l'idiot, seul avec les bulletins et les réunions de parents, avec les problèmes de réservoir à eau chaude, les taxes à payer.

La cocaïne, quand tu en consommes chaque jour, comme moi et les autres filles au bureau, tu constates vite qu'il vaut mieux être là-dessus que non. Pourtant, j'ai commencé doucement, sûre de ne pas m'y laisser prendre. Et je sais que tout le monde se dit la même chose. Même au cégep, quand des policiers venaient nous faire de la prévention, ils nous mettaient en garde à propos de ces gens qui se disent avoir le plein contrôle sur leur consommation, et qui sombrent tout de même dedans jusqu'à en perdre pied, pour se réveiller un matin dans l'un des dortoirs de La Maison du Père. Sans avoir rien vu. J'ai commencé par n'en prendre qu'à l'occasion, puis par ne plus y toucher pendant des mois, puis tout à coup, pour une raison ou pour une autre, j'ai fini par revenir sur cette envie, puis j'ai recommencé, un peu plus haut, un peu plus loin.

18

Pendant ce temps, et comme par magie, Léopold a commencé à mal tourner. À l'école, malgré ses dix ans, il faisait des crises inouïes. On l'aurait dit possédé du démon. Il devenait tout rouge, il se fâchait contre le prof ou monsieur le directeur, pleurait et hurlait des choses qu'on ne comprenait pas tellement l'ensemble sortait en une cascade. Il se mettait dans un coin et se sentait victime d'injustice. L'école nous appelait plusieurs fois par mois. Le prof, le directeur. Léopold se battait, aussi. Il s'emportait et ne pouvait plus s'arrêter. Pour des histoires d'enfants, un ballon sur la tête, l'un qui a poussé l'autre, l'autre qui a traité l'autre de tapette, etc. Les autres enfants finissaient par retrouver leur calme, mais pas Léo. Nous avons dû rencontrer la responsable du service de garde, le directeur et une jeune psychopédagogue. Le cas Léopold faisait jaser. Ils nous ont expliqué que rien n'allait plus, et nous le savions déjà. J'étais complètement frostée, à cette réunion. La jeune psy, qui nous a prévenus qu'elle n'était là que quelques heures par semaine, allait soumettre notre Léo à un programme rapide et efficace : « vers le pacifique ». Un truc avec des exemples et des mises en scène, style psychodrame, visant à apprendre à régler les différends en discutant. Et non à grands coups de poing sur la gueule. Nous avons signé la feuille, car nous ne savions pas quoi faire.

Le mois d'après, en courant dans la cour d'école, il s'enfarge dans lui-même et tombe sur l'asphalte du haut de ses souliers de course. Résultat: il se casse un bras. Pas en tombant d'un arbre, pas en se faisant heurter en vélo par une auto, non, en tombant du haut de lui-même. Hôpital, radio, plâtre, enflures, complications, puis guérison. Au bout de six semaines. Et moi qui suis là, un peu, mais qui suis aussi, d'une certaine manière, complètement sur une autre planète. Les deux petites font de la fièvre, trop souvent pour ne pas s'inquiéter. Mais nous n'avons pas le temps. C'est l'hiver. Il fait froid. Il nous faut trouver mille solutions. Les enfants sont malades et bien amochés. La petite tousse sans arrêt. On a perdu les tuques et les foulards, oubliés quelque part. On a l'impression que notre vie, à tous les cinq, tombe graduellement en ruine. Avec de gros morceaux qui se détachent dans un grand fracas.

Mais la vie continuait. Je ne me considérais pas du tout comme une toxicomane. Je me disais que les autres, les dépravés, étaient des faibles, alors que moi, j'étais une forte, et que jamais la cocaïne n'aurait le dessus sur moi. Les gueux vivant dans les ruelles et dormant dans les poubelles me paraissaient encore très loin de là où j'en étais, moi, dans ma relation avec la substance. Je ne craignais aucun danger.

Ce n'était pas la première fois que j'entendais parler de quelqu'un qui consommait de la cocaïne régulièrement, tandis que personne dans son entourage ne s'en était aperçu. La cocaïne, contrairement à ce que nous montrent les films, est une substance qui calme, permet de se concentrer durant de longues périodes et de ne pas connaître la fatigue. Je n'ai personnellement pas connu de gens qui devenaient fous, ou qui se grattaient partout ou qui marchaient recroquevillés. Moi en tous cas, ça me calmait. Mais pas toujours. Des fois, cela me rendait irascible. Comme cette fois où, alors que je me trouvais arrêtée à un feu de circulation et que j'étais distraite, la voiture de derrière s'était mise à me klaxonner avec insistance. J'ai détaché ma ceinture, suis sortie d'un coup sec et, comme nous étions l'été et que la fenêtre du gars était ouverte (je l'entendais couiner), je me suis approchée et lui ai mis mon poing dans la gueule. Plusieurs fois. Surpris, il n'a eu le temps de rien faire et sa femme à côté hurlait comme une conne. C'était un gros monsieur, environ cinquante ans, un peu suant, et je lui ai sans doute cassé le nez. Il croyait rêver. Compte tenu du bruit et du sang. Je suis retournée vers ma voiture, et suis repartie dans un crissement de pneus. Comme dans les films cette fois. J'étais furax. Je n'avais peur de rien. Et si des policiers m'avaient prise en chasse, je me les serais tous fait cuire sur le barbecue. Je n'ai jamais réentendu parler de cet épisode malencontreux. À cette époque, il ne fallait vraiment pas me faire chier. Je travaillais beaucoup. J'étais excédée. J'avais des collègues au bureau qui me jalousaient et qui voulaient me tuer. Cela me tourmentait. Mais comme tout le monde, je rongeais mon frein. Et continuais de sourire à qui mieux mieux.

Il m'est arrivé d'être capable d'arrêter. En l'espace de cinq ans, j'ai cessé toute prise de cocaïne durant quatorze mois. Quand tu réussis un tel exploit, tout de suite tu te sens au-dessus de tout. Tu crois avoir triomphé de la substance. Tu te dis que c'est facile. À ce moment-là, j'arrivais parfaitement bien à vivre. Je n'ai pas ressenti de manque, ni au début ni en dernier. Pas de sueurs ni de tremblements. Même que je me sentais mieux. J'étais plus heureuse. La cocaïne ne rend pas heureux. Elle permet peut-être de vivre et de tenir le coup, mais elle ne rend pas heureux. J'avais arrêté pour aucune raison majeure, et j'ai recommencé pour rien. Seulement, après avoir cessé un temps, au moment de reprendre, le rythme de ta consommation augmente d'un cran. La rechute, comme on dit, te mène toujours plus creux que là où tu étais avant la trêve.

Je travaillais de plus en plus. J'étais souvent absente. Au département, on me faisait voyager à une fréquence inouïe. C'est moi qui demandais de partir. Dès qu'une occasion se présentait, je levais la main. Les gens me demandaient :

« Tu es sûre ? Avec tes enfants ; ils ne vont pas s'ennuyer ? » Mais j'avais vite fait de les rassurer. « Ils sont habitués », je disais. Alors je partais. Je restais dans mes valises les trois quarts du temps. Je dormais dans les aéroports, mangeais peu, et mal, dormais assise, avec des somnifères et un masque sur les yeux. Je partais régulièrement, souvent durant plusieurs jours. Je ne voyais pas la petite grandir, alors qu'à son âge, on grandit tellement vite. Je partais une semaine, dix jours, six jours, douze jours, trois semaines, un mois... Au beau milieu de l'escapade, je m'étais saisi d'une bouée et avais décidé de sauter dans l'océan. J'avais quitté le bateau, et bien d'autres choses encore.

Je faisais de la coke. Je faisais de la coke tout le temps. Je faisais de la coke comme on fait du vélo, comme on fait ses courses, avec le sourire, le vent dans les voiles. Je faisais de la coke pour maigrir. Comme Andy Warhol avec son Obetrol. Un truc qui te permet de rester debout sans dormir pendant plus de sept jours. Je faisais de la coke lorsque, seule un instant, je m'ennuyais. Quand je ressentais le vide s'accroître. J'en faisais également avant de sortir, pour m'engourdir, pour pouvoir danser plus tard, parler plus vite et avec éloquence. Écarquillée. J'en faisais lorsque j'étais heureuse, mais aussi lorsque j'étais triste. J'en faisais tout le temps. Si j'avais pu, j'en aurais fait sous la douche. En dormant. Je faisais de la coke. Je faisais de la coke. Je faisais de la coke. Et je n'étais pas malheureuse.

Je ne pensais pas à long terme. Je n'avais de toute manière jamais pensé à très long terme. Je me fichais d'investir mon argent, de savoir de quoi j'allais bien pouvoir vivre et me nourrir à ma retraite. Je ne me demandais pas comment nous allions pouvoir payer les études de nos enfants plus tard. Je n'avais pas de deuxième compte de banque, et dépensais la totalité de ce que je gagnais. Même plus. Je mangeais au resto, je payais des verres et des drinks à tout le monde, j'achetais des choses inutiles, même si nous en avions déjà à la maison. Je faisais beaucoup d'argent et cet argent me permettait de vivre plus facilement. J'achetais sans regarder les prix. Je remplissais le réfrigérateur, puis allais manger au resto avec tout le monde (les trois enfants), toute la semaine. Je bourrais les garde-robes de vêtements d'hiver, j'achetais des bottes à n'en plus finir, un plein conteneur de mitaines, un camion-citerne de foulards et de bonnets et une palanquée de cartables, crayons et gommes à effacer, pour l'école. Ce n'était pas rien que la substance, qui coûtait cher, dans un cas comme le mien, mais la vie de débile que son absorption m'infligeait, au complet, dans ma petite vie qui aurait pu être paisible et calme.

Je ne me dépêchais pas souvent pour revenir à la maison, parce que je savais que tu n'étais pas d'accord. Même si tu ne savais rien de mes tendances illicites et destructrices, tu ne me soutenais pas dans ce qui se passait. Je ne rentrais pas, le soir, ou alors le plus tard possible, pour ne pas avoir à supporter ta face de bœuf. Pour ne pas me sentir coupable. Par crainte de te sauter dessus avec un couteau de cuisine. Le moindre reproche me faisait péter les plombs et casser des objets. Tu sortais de la maison tellement je paraissais incontrôlable. Y sont passés : le sucrier, le beurrier, trois assiettes, le miroir de la pharmacie dans la salle de bain, ton iPod, et j'ai dû faire deux ou trois trous dans les murs, derrière les portes, avec mes poings. Directement dans le plâtre, comme dans du beurre. Tu me demandais pourquoi j'étais rentrée si tard, et je devenais folle. J'avais la tête qui tournait comme une toupie, je m'arrachais les cheveux, vomissais des grenouilles et devenais toute blanche, puis toute rouge, puis de nouveau toute blanche.

Je n'étais pas souvent déprimée. J'avais toujours envie de sortir, d'aller danser, de rigoler avec des copines et des copains, d'entreprendre des projets et de relever des défis. Je ne disais jamais non. Ma vie s'effondrait, et je bondissais de plus belle dans une autre fête, manger des huîtres et descendre des vodkas. J'avais beaucoup d'amis. Des anniversaires, des lancements, des partys costumés, des cinq à sept qui tuent, des quatre à huit, des retrouvailles et des visites-surprises d'amis déménagés dans d'autres pays, venus faire un saut spécialement pour nous voir.

Que je ne sois pas souvent à la maison était la principale source de discorde entre nous, au temps où nous nous disputions encore. Les enfants ne m'intéressaient plus, la maison, la famille non plus. Je me trouvais tout de même à la hauteur de ma tâche parentale, lorsque je les emmenais tous au parc, à la Ronde, au zoo, ou manger des cornets. Mais je n'en pouvais plus de torcher. Je valais mieux que ça. Ce n'était pas une démission. Je n'en pouvais plus. C'était ça ou quelque chose de bien pire encore. Parce que moi aussi je pouvais partir vivre en Afrique, vous abandonner à votre sort et ne plus réapparaître. Il n'y a pas que les autres qui ont le droit de devenir fous, et de faire tout ce qui leur passe par la tête.

19

J'avais changé. Les enfants et les bébés ne me faisaient plus l'effet d'autrefois. Je n'étais plus touchée par une mimique, un sourire, une larme. Je valais mieux que tout cela. Je rêvais d'une grande vie. J'avais des choses à prouver et des comptes à régler avec l'existence. Plus question d'être à la maison à laver le bol des toilettes. Je voulais faire de grandes choses, réaliser de nouveaux rêves. Je voulais vivre comme une princesse, et enfin penser à moi, mes désirs, mes envies. Je craignais de regretter de ne pas avoir fait tout ce que j'aurais pu ; de ne pas avoir su vivre autrement. Je craignais de mourir, sans avoir vu le reste du monde, sans avoir fait le tour de la planète.

La petite, quant à elle, accumulait les problèmes respiratoires. Léopold continuait tout le temps de se battre à l'école et Victorine toussait du sang. Nous avons tout de suite pensé aux champignons, à la moisissure invisible dans les murs de la maison. Nous avons vérifié les allergies : la tomate, les œufs, les kiwis, les chiens, les chats, les parents. Rien. Elle faisait de l'asthme, et ses crises nous ont conduits plus d'une fois, au cœur de la nuit, à l'hôpital Sainte-Justine. Nous y passions de longues heures, inquiets. Je bifurquais régulièrement vers les toilettes, ni vu ni connu, pour aller m'administrer un petit remontant. Tout de suite, je me disais que tous les chirurgiens devaient travailler sur la coke, eux aussi. Je voyais le médecin de garde, courir partout avec ses souliers de course et sa queue de cheval, et j'avais la révélation qu'elle était sur la coke, elle aussi. Les heures sont longues, dans un hôpital, la nuit. Encore plus lorsque nous sommes accompagnés d'un mari avec qui nous ne parlons plus. Seul à seul dans une salle d'attente remplie d'éclopés, sans nouvelles fraîches, les nuits sont longues. Même avec un café. Près de la table de chevet de Victorine, nous pouvions compter les pompes à la douzaine : des bleues, des orangées, des grosses, des petites. Des pompes en métal ou en plastique ; des gouttes, des masques et des tubes.

Le tour de la planète, je l'ai fait plus d'une fois. Mon travail d'avocate spécialisée me faisant voyager à de nombreuses reprises, plus souvent qu'à ton tour, il t'arrivait de te faire du mauvais sang, de ne pas savoir si tout allait bien. Je dormais dans des hôtels, ne téléphonais presque pas à la maison, de peur que l'on se dispute, et tu savais que tout était possible pour moi, réfugiée à l'autre bout du monde. Tu ne savais pas si je te trompais, si je couchais avec d'autres gars. Et je ne te disais rien là-dessus. Je restais vague. Ce qui rendait la torture encore plus vive. Tu n'avais pas la réponse et tu allais devoir vivre sans jamais l'obtenir. Je me couchais tard, tu le savais. Je travaillais dur et terminais toutes mes journées avec les collègues dans les bars de l'endroit, à festoyer pour faire descendre la pression. Nous étions tellement crevés que le moindre verre de vin faisait tout tourner. Et tout était possible. Tu étais libre d'imaginer tout ce que tu voulais. Jamais je n'avais tenté de te rassurer ni de refermer la plaie. J'étais loin. Souvent, je ne répondais pas au téléphone. Même à minuit, même à sept heures le matin, alors que je ne pouvais pas être occupée par le boulot. J'aurais pu coucher avec n'importe qui aux alentours, j'aurais pu faire des *gangs bangs* en série avec toute la profession, à deux océans d'ici, tu n'en aurais rien su. Tu n'aurais pas pu m'entendre crier, alors tu n'en aurais rien su.

En très peu de temps, j'avais beaucoup changé. Je n'étais plus la même. Lorsque je déambulais dans la rue, je n'avais pas la même démarche. Ce n'était pas la cocaïne qui m'avait ainsi transformée. Déjà, avant, les plaques tectoniques avaient commencé à bouger. Bien sûr que la drogue nous fait maigrir, que nos gestes sont parfois plus brusques, que nous parlons plus vite et que le souffle court nous rattrape, même lors de moments d'accalmie. J'ai arrêté, puis j'ai recommencé. Plus d'une fois. Parce que quand tu arrêtes, certains alcooliques le disent aussi, tu finis toujours par recommencer. Personne n'est plus fort que la substance. Quand tu es toxicomane, c'est pour la vie. Comme pour ceux qui naissent manchots ou le deviennent : c'est pour la vie.

20

Lorsque nous nous aimions, naguère, nous n'étions pas davantage sur la même longueur d'onde, mais nous nous aimions. Le malentendu, l'incompréhension et les dialogues de sourds étaient notre lot quotidien, mais nous nous en servions pour faire des enfants, et les propulser vers l'avenir et les jours meilleurs. Nous voulions être ensemble. Nous aimions être ensemble.

Lorsque nous étions jeunes, et que nous allions de l'avant, nous sommes allés jusqu'à nous marier. C'est même moi qui te l'ai demandé. On dirait que cela remonte à plusieurs siècles. Au temps des hommes de Cro-Magnon. En fait, je t'ai demandé de me le demander. Ça t'a rendu nerveux. Tu en étais drôle, et touchant. Tu te demandais quoi faire, et savais que j'en attendais beaucoup. Alors, tu as choisi la voie rapide, toujours classique et efficace. Les fleurs. Comme je travaillais à deux endroits différents, tu m'as subtilement demandé, un matin, ce qu'il en était de ma journée. Très vite, après mon départ, tu as filé chez le fleuriste, commandé une douzaine de roses, rouges, hors de prix, pour les expédier à mon bureau, en guise de surprise. Avec une carte qui disait tout. Sauf que voilà, je n'étais pas où je t'avais dit que je serais. J'avais changé d'avis en cours de route. Tu as fait l'envoi à mon bureau du sud, alors que je me trouvais à celui d'Outremont. Lorsqu'à mon retour, le soir, tu n'as constaté aucune réaction, tu as cru que le livreur s'était trompé de ville. Tu n'étais pas content. Le pétard était mouillé. La cible fut ratée. La demande a quand même fonctionné, une fois les choses expliquées, j'ai quand même dit « oui », mais l'éblouissement n'eut jamais lieu.

Des fois, je me dis que c'est là que tout a commencé. Qu'avec ce ratage préliminaire, ça ne pouvait pas faire autrement. Notre mariage était réglé. Scellé plombé. Tu n'arriverais jamais à me joindre, je serais toujours ailleurs que là où je t'avais dit que je serais. Cela dans tous les domaines : dans notre lit avec la sexualité, dans l'éducation de nos enfants, dans mes choix au travail, dans tes blagues que je ne trouvais jamais drôles, dans nos choix d'amis, dans la moindre de nos discussions, ma façon de m'habiller ; lorsqu'il serait question de nous, de la famille, de notre amour. À partir de ces fleurs, envoyées à la mauvaise place, comme une demande formulée au mauvais guichet, notre union venait de se cristalliser.

21

Dans notre maison glauque où tout se détériorait, entre la poussière, la mousse et les mauvaises herbes, on pouvait percevoir un reste de photographies, accrochées autrefois dans le but d'égayer l'endroit. Je les avais moi-même fait agrandir et encadrer. Lorsque l'on s'en approchait, pour les observer de plus près, ce que nous ne faisions pas souvent, on pouvait reconnaître les indices d'un bonheur perdu. Cette photo où l'on te voit, souriant, beau, les cheveux bien propres et fraîchement coupés, avec ton veston noir et la cravate, prise en train de danser avec moi, moi qui suis accrochée derrière ton dos, souriant à pleines dents. Sans doute dans un mariage. Et ces autres photos des enfants au Jardin botanique, magnifiques, l'air heureux. Les enfants qui sourient, qui font des châteaux de sable, qui font des gâteaux; toi et moi à Venise, toi et moi à Paris, dans les musées, assis sur le rebord de la fenêtre de notre chambre d'hôtel, avant que l'on ne cesse de faire l'amour une fois pour toutes.

Il y avait ces photos qui devaient bien vouloir dire quelque chose. Cette photo où tu t'esclaffes et où je te regarde, amoureuse. Cette autre photo encore, prise il y a longtemps, dans un rayon de soleil chez notre ami Stéphane, où j'ai encore l'air d'être amoureuse. À côté de toi, bien collée. Cela se voit dans mes yeux, et l'appareil photo a réussi à le capter. Toi et moi à l'aéroport, avec mes lunettes fumées pour cacher la fatigue. Moi derrière ton dos, comme si tu me portais, regardant l'objectif, dans un mariage sur une piste de danse, et toi, heureux, avec une cravate vert et jaune. Nos enfants, petits. Nos bébés. Mignons et sans défense, qu'on a envie de croquer. Moi, accroupie au Jardin botanique, avec Béatrice et Léopold, mes deux enfants tout jeunes, avant que ne naisse la dernière. Dans un décor feuillu et coloré. Encore une fois, on ne peut plus radieux.

22

Autour de nous tout s'effondrait. Je m'effondrais, tu t'effondrais. Les enfants s'effondraient. Deux fois que la petite se cassait un bras en moins d'un an. Même à l'hôpital, ils commençaient à avoir des soupçons. Les infirmières au triage, qui nous reconnaissaient, exigeaient des réponses plus précises à leurs questions. Des détails. Elles répétaient deux fois les mêmes questions pour voir si nous allions formuler les mêmes réponses, pour vérifier si nous allions nous fourvoyer dans nos mensonges : un petit couple de citadins bon chic bon genre, qui maltraite ses enfants parce qu'il se défoulerait sur n'importe quoi, de toute façon, tout ce qui est à portée de main, un chien, un sac de sable, des vieillards, des enfants. Les infirmières avaient déjà vu cela. Et deux fois plutôt qu'une. Il nous fallait apporter des éclaircissements. Les gens sont excédés, de nos jours. À l'urgence, on est bien placé pour s'en rendre compte.

Nous ne connaissions personne qui se portait bien. Nos amis, les parents des amis de nos enfants, nos frères et sœurs respectifs, nos beaux-parents, les voisins, nos amis de longue date, nos collègues. Tous à leur façon. Eux non plus n'avaient pas de quoi se vanter. La majorité de nos amis, âgés pour la moyenne d'environ trente-cinq ans, prenaient des médicaments pour dormir, des pilules contre l'angoisse et la chute de pression. Ils avaient tous des problèmes avec leur glande thyroïde, et se relevaient à peu près tous d'une récente séparation.

Nous connaissions une fille qui nous expliquait que sans la garde partagée, elle n'aurait jamais pu mener son entreprise aussi loin que maintenant. Si elle avait dû s'occuper de son enfant tous les jours, sans répit pour les meetings et les cinq à sept, elle aurait craqué, et gagné beaucoup moins d'argent et donc, moins bien réussi. Ce qui est toujours injuste pour les femmes. Nous connaissions une fille qui se dépêchait de se débarrasser de son fils adolescent, parce que c'était vendredi, et que maman avait besoin de temps pour elle, besoin de sortir et d'en virer une. Son fils adolescent pouvait bien comprendre, et sacrifier sa sortie au cinéma. Il allait devoir partir chez son père un peu plus tôt que les autres fois, pour que maman puisse lâcher son fou, laisser sortir les gaz. Cet autre couple d'amis dont la femme, de temps en temps, faisait part à son mari du fait qu'elle avait besoin de se retrouver avec son garçon, et que pour ce faire, elle souhaitait que son conjoint quitte la maison deux ou trois jours, qu'il aille dormir chez un ami, chez son frère, pour que maman puisse se retrouver un peu avec son fils, ensemble, sans papa qui prend forcément trop de place.

C'était notre société. La société dans laquelle nous survivions. Nous avions encore un ami, follement amoureux de sa femme qu'il avait perdue puis reconquise, qui continuait de voir des ex, des copines du secondaire avec qui il avait failli se passer quelque chose, mais à l'époque, ce n'était pas le bon moment; d'anciennes baises, des amantes, des maîtresses, des amies quoi, à l'insu de sa femme qui recommence à y croire, à leur relation autrefois pourrie, avec deux jeunes enfants qui n'en peuvent plus de déménager par-ci, par-là. Sans savoir qu'une nouvelle bombe est amorcée.

Nous nous demandions pourquoi nous étions amis avec ces gens. Ils étaient les seuls que nous avions. Et nous ne voulions pas nous retrouver sans amis.

23

Je n'aurais peut-être pas dû te sous-estimer, à ce moment-là de l'effritement. Il est clair qu'avec un téléphone cellulaire, que l'on regarde cent fois par heure, il est possible d'avoir une vie parallèle. Personnellement, je pouvais recevoir des textos à la pelle, couper la sonnerie, ne faire que regarder du coin de l'œil le numéro du dernier appelant, fixer des rendez-vous secrets, renvoyer la politesse, parler de cul avec des étrangers. Des bisous, des *X*, des cœurs.

Je n'aurais peut-être pas dû te sous-estimer, parce que même si tu n'avais toujours pas de téléphone portable (préférant vivre comme un dinosaure), il t'arrivait de fréquenter quelques sites Internet. Au fond, nous étions de notre siècle. Nous avions un ordinateur tout neuf, dans un coin du salon, pour travailler. J'ai commencé par examiner ta boîte de courriel. C'est une collègue qui m'a montré comment m'y prendre pour m'introduire sans les mots de passe, ou pour trouver des mots de passe sans laisser de trace. Rien de plus simple, quand tu sais comment. Elle-même espionnait constamment son chum et tout le département. Elle admettait que c'était une perversion, mais comme elle s'ennuyait presque à mourir, elle se permettait au moins cet écart. Cela ne coûtait rien. Alors elle connaissait les trucs. C'était une secrétaire dont il valait mieux se méfier.

Au premier abord, je n'ai rien trouvé. J'ai été déçue. Ta vie dans le monde informatique était tout aussi plate et monotone que tu l'étais devenu, avec le temps. Pas de surprises. Au moment où je daigne un instant m'intéresser à toi, sans que tu le saches, là aussi, là encore, tu me déçois. Je n'ai rien trouvé de tes secrets, rien de ce que tu ne voulais pas que je sache. Seulement des traces laissées sur des sites bizarres de soupes au poulet, de plans pour construire des cabanes à moineaux (j'ignorais ta passion pour les moineaux).

Mais après ta mort, une fois ton corps enseveli, les choses se sont complexifiées. Je me suis retrouvée seule avec ton ordinateur portable, lui et moi dans une pièce, lui me regardant, moi le regardant, à rester ainsi sans rien se dire. Comme deux chiens de faïence. C'est à partir de là que j'ai poussé plus loin mes recherches. Je me suis obstinée à savoir. Et je me demande à présent si j'ai des regrets, si je n'aurais pas mieux fait de jeter cette machine infernale à la poubelle, laissant partir tes secrets dans le camion de vidanges. Écrasés dans un dépotoir en hiver, digérés par les mouettes et les rats, distillés parmi les détritus.

J'ai finalement trouvé, dans ta messagerie, une porte d'accès vers un monde inconnu de moi. Au début j'étais contente, mais j'ai très vite compris que les choses allaient se gâter. J'ai vu que tu avais commencé par discuter avec des inconnus, sur des sites où tout le monde va, puis de fil en aiguille, j'ai découvert du croustillant. Tu n'allais pas sur des sites porno, tu ne fréquentais pas des trucs dégueulasses qui m'auraient fait envisager le plus grave : du pipi, du caca, des personnes âgées, des érections et de la torture. Mais tu parlais avec des hommes. De jeunes hommes. Pas des filles plus belles que moi, autrement plus jeunes et enthousiastes, mais des hommes. Pas des adolescents, mais des « amis » qui ont le goût de l'aventure. Et qui n'ont pas de temps à perdre. Comme si leur vie était déjà plus courte, programmée pour le périssable, et qu'ils devaient se dépêcher pour tout.

Pourtant, tout paraissait normal. Tu n'avais pas de lecteur DVD ni d'appareil photo numérique et, comme un grand-père, tu ne t'étais jamais converti à la musique sur MP3. Tu ne comprenais pas pourquoi il nous fallait un écran plat, et cela te donnait un air de type dépassé par les événements de son siècle. Pourtant, c'est en fouillant dans tes affaires que j'ai compris comment cela fonctionnait entre les hommes et les hommes. Dans une facilité d'exécution inouïe. Impensable pour les gens de ma race.

Tu allais sur des sites de clavardage, pour discuter de tout et de rien, de tes problèmes familiaux, de ta femme qui a changé au point de devenir une mégère, de ton besoin de vacances, et de ce désir, parfois, de te défoncer en dansant toute la nuit. Tu avais trouvé des complices, des oreilles pour t'écouter et te comprendre. Mais surtout des mecs avec qui tu finissais par aller passer la nuit. Moi qui croyais que tu ne découchais pas.

Je n'ai pas trouvé le moment précis où tes escapades ont commencé. Je ne sais pas s'il y en a un qui a tenté de t'initier, et qui a réussi. Je ne te savais même pas capable d'homosexualité. Même si l'on raconte que tout le monde est homosexuel – moi-même, à l'adolescence, j'avais couché avec deux de mes meilleures amies. J'ignore s'il y en a un qui a su te convaincre, t'embobiner, et si tu as fini par y prendre goût, à force de répétition et d'envie d'y revenir. En dépit de nos dix années de mariage, et cette impression d'avoir fait le tour, je n'aurais pas pu dire si c'est depuis toujours que les garçons te chatouillaient. À la lecture de certaines phrases, j'ai cru comprendre que c'était par besoin de consolation. Tu t'étais jeté dans les bras d'autres mecs, capable de faire tout ce qu'on te demande, apte à toutes les bassesses, comme certaines filles soûles, lors de peines d'amour catastrophiques, prêtes à coucher avec n'importe qui, juste pour oublier.

Il y avait aussi des sites plus raides et radicaux. Où l'on ne se rend que dans l'optique de se trouver quelqu'un dans notre quartier ou pas trop loin, avec qui baiser. Pas de place pour la séduction et les « je veux si tu ne veux pas », ou « je ne veux pas si tu veux trop ». Quand tu t'y branches, c'est pour avoir une relation sexuelle, planifiée dans tous ses détails. Pas besoin de trouver comment ni pourquoi, de mettre des gants ou de finir par être déçu. Il y en a pour tous les goûts. C'est vif, c'est rapide. Et ça fait du bien. La rencontre a lieu sans rendez-vous fixé des journées à l'avance. Ici, maintenant, tout de suite. En passant dans le secteur, à la sortie du dépanneur, avant d'arrêter au garage chercher la voiture. Dans quinze minutes.

Tout cela ne demande à personne de mentir, de tout planifier et d'impliquer certains amis dans la tromperie. Pas besoin de traîner dans les bars, de parler pour ne rien dire des heures durant, de risquer de s'attacher. Mille fois plus simple qu'avec les filles. Et cela ne coûte rien. À part le risque de contracter des maladies, il n'y a rien à craindre. Et encore là, le tout se règle avec l'échange d'une ou deux paroles. Comme cette fois où tu t'es rendu chez ce grand Noir, sur Mont-Royal, à deux pas d'ici. Avant de passer à l'école chercher les filles. Un grand Noir qui ne t'a pas déçu, que tu avais rencontré le matin même, et qui t'a attendu, chez lui, dans son appartement. Tu sonnes, il te débarre la porte du bas, tu montes les escaliers, vous vous voyez pour la première fois autrement qu'en photos sur le Net, il te dit salut, tu lui dis salut. Pas besoin de boire un verre, ni de fumer un joint, ni d'avoir l'air trop ou pas assez. Directement dans le corridor, encore le manteau sur le dos, vous vous sautez dessus. Mais c'est prévu. Entre deux gros baisers dégueulasses, il te demande si t'es OK, tu lui demandes s'il est OK, et c'est reparti de plus belle. Tu penses à cette petite blessure dans la bouche, que tu t'es faite il y a quelque temps en mordant dans une barre de savon, et qui devrait, en théorie, te limiter dans la pratique du suçage de queue sans condom, mais tu commences et, très vite, n'y penses plus. C'est fort. Ça va vite. Le mec est un grand Noir du Burundi, qui a encore l'accent, et cela te convient parfaitement. Tu étais prévenu, donc pas de mauvaises surprises. Pas d'anguille sous roche. Vous vous sucez, vous vous branlez, vous vous sodomisez. Ça fait de drôles de bruits. C'est pas de votre faute, c'est ainsi que ça se fait, c'est par là que votre instinct d'après-midi vous conduit. Cela fait partie du menu standard: la table d'hôte. Vous prenez votre revanche sur la vie de merde que vous avez. Vous vous dites qu'enfin, vous vous payez du bon temps. Vous ne pensez plus aux maladies, vous ne vous souciez plus de savoir si ta femme est d'accord, ou non, puisque d'une certaine façon, c'est un peu contre elle, la grosse conne, que tu te retrouves là, dans ce genre de situation, de plus en plus souvent. Une fois le programme terminé, quand tu retournes à la maison, avec la petite à tes côtés, qui te parle de sa journée à l'école, tu penses aux risques. Tu as encore du sperme séché, mal essuyé, sur le thorax, et tu le sens sous la chemise. Car vous vous êtes giclé mutuellement sur le thorax, en pleine extase. Lui sur toi; toi sur lui. Toujours dans le corridor, près de la porte d'entrée. Tu n'écoutes pas ce que dit la petite parce que tu penses à la douche qu'il te faudra prendre, le plus tôt possible en arrivant. Tu te souviens qu'elle te parle vaguement de son spectacle de fin d'année et de la vente d'une boîte de barres de chocolat.

Et puis l'escapade se poursuit. Tu n'hésites pas, car il n'y a rien d'autre qui te mobilise et donne un sens à ta vie. Tu participes à des orgies (en fait, c'est arrivé au moins une fois) chez des inconnus demeurant à Québec. Là où personne ne te reconnaîtra. Il t'est même arrivé, une autre fois, de coucher avec un gars sans savoir que c'était un gars avec qui tu avais déjà couché. Tu ne te souvenais plus de son nom, chose qui arrivait souvent. Je le sais, je le lis dans tes courriels. Je me suis assise, plusieurs heures, plusieurs jours, pour lire le plus de choses possible à propos de cette vie parallèle. Comme un tunnel que tu t'étais creusé, au fil des jours de ta vie de prisonnier, à la petite cuillère, sans que personne suspecte quoi que ce soit. Je lis. Je découvre. Je suis fâchée et je comprends. Il y a des choses qui m'écœurent, mais je suis dans une spirale où il me faut savoir. Savoir plus, savoir tout, même s'il reste encore beaucoup de mystères. Tu t'en donnes à cœur joie. Tu découvres les joies du *top* et du *bottom*. Le plaisir, un temps, d'être celui qui sodomise; dans un autre ordre d'idées, le plaisir d'être celui qui se fait sodomiser. Tu découvres, tu essayes, parfois, dans le feu de l'action, tu n'as pas vraiment le choix. Et ça pince. Et ça te fait pleurer des yeux.

Ce n'est pas tout à fait une orgie, mais vous êtes trois. Des hommes de ton âge. Une fin de semaine d'homosexuels, alors que tu m'avais fait croire, je m'en souviens, qu'il s'agissait d'une réunion d'un club optimiste, à Québec, qui t'avait fait venir comme conférencier, pour un témoignage sur un truc que je n'avais pas compris parce que je ne t'écoutais pas. Mais tu étais parti tout un week-end, avec ton sac, pendant que moi, je ne me doutais de rien et n'avais pas la moindre idée de ce qui se passait. Je découvre ta collection de photos. Des gars, en érection: des Noirs, des Chinois, des gars du coin. Je ne savais pas qu'il y en avait autant. Je comprends comment tout cela fonctionne. Je comprends qu'il y a même des fois où tu t'es fait payer. Même si tu l'aurais fait gratuitement. Tu n'avais pas besoin d'argent, mais d'autre chose, que l'argent n'achetait pas. Tu avais donc déjà été pute. Moi qui ne te croyais bon qu'à tondre le gazon et à faire l'épicerie. Je vois que tu ne mettais pas toujours des capotes et je me demande si, à cette époque, si, à cette date, tandis que tu couchais à droite à gauche avec des victimes de tout acabit, si nous couchions encore ensemble, parfois, toi et moi, à ce moment-là. Mais je ne me rappelle pas avoir eu des morpions ou une gonorrhée. Je m'en serais aperçue.

24

Tu rêves à des horreurs et des dangers. Tu rêves que l'on sonne à la porte, et que c'est un homme qui s'est trompé d'adresse, comme d'autres se trompent de numéro. Mais un homme particulièrement agressif, impoli, qui semble vouloir se battre, mais dont tu te débarrasses en refermant péniblement la porte, puis en poussant le loquet. Tu n'es pas rassuré. Tu es seul avec les enfants, je ne suis pas là dans les parages et, par la fenêtre, tu vois qu'ils sont en fait plusieurs, à sonner un peu partout pour semer la terreur. Comme en Bosnie, comme en Tchétchénie, où des hommes armés défoncent des portes pour effrayer tous les habitants. Pour donner des leçons. Et en tuer quelques-uns. Leur décision est prise, ils sont soûls, ils sont drogués, et ils ne sont pas là pour négocier. Tu tentes de faire le 911, mais tu n'obtiens pas la ligne. Tu essaies plusieurs fois. Rien. Et tu comprends qu'ils ont dû couper les fils de téléphone quelque part, pour avoir plus de temps afin de mener à bien leur massacre. Tu penses à Charles Manson. Tu penses à des sectes de fous-malades. Tu penses à tes enfants, pris dans ce monde où tu les as jetés. Puis, scène suivante, dans le but de te défendre, alors que tu te retrouves en face d'une partie de la bande, et pour protéger tes enfants, alors que je ne suis toujours pas là, tu saisis ce qu'il y a à portée de main. En l'occurrence une fourchette à rôti. Et tu n'as pas le choix, tu n'as pas le temps de réfléchir, tu la plantes dans l'œil de l'un de ces intrus. Puis une deuxième fois, au niveau du cœur. Il te faut faire vite, et éviter la riposte de ses collègues, alors tu les piques un à un, rapidement, avant qu'ils n'aient le temps d'agir et de se venger. Plusieurs fois chacun. Tu te dis qu'il aurait mieux valu saisir un couteau de cuisine, le gros couteau jaune du tiroir du haut, par exemple, avec une lame de trois pouces et quart, mais tu n'as pas le temps de choisir, et tu continues à tous les tuer avec la fourchette à rôti. Ils sont quatre, ou cinq. Et tu préférerais une vie tranquille, loin de tout, à te reposer sur une plage. Mais tu es là, à tuer tout le monde parce qu'il le faut. La chemise blanche imbibée de sang, les manches relevées.

25

Et tu poursuis tes escapades homosexuelles. Après la vaisselle et les histoires pour le dodo, tu retournes ta veste, noues ton foulard, et me baragouines une moitié de phrase pour me dire que tu sors faire une marche. Je m'en fiche, j'écoute la télé, je parle au téléphone et me ronge les ongles avec avidité. Il est vingt et une heures, il fait froid, c'est l'hiver. Comment peut-on ainsi devenir homosexuel ? Et comment peut-on marier un homme dont on ignore, jusqu'à sa mort et même après, qu'il se réservait quelques penchants pour la sodomie ? Mais je poursuis ma lecture, et j'en apprends des vertes et des pas mûres.

Je ne suis pas sûre que la prolongation de ce travail d'archéologie soit une bonne chose. Mais voilà ce qui se passe, quand on réussit à profaner de vieux courriels mal effacés. C'est Évelyne, au bureau, qui m'a expliqué comment localiser les messages effacés, dans un premier temps, puis comment faire réapparaître certains secrets que l'on croyait disparus. En toute impunité. Je ne suis pas sûre qu'à ce moment-là, on ne venait pas de me confier les clés d'un pacte avec le diable. Le diable et ses enfers. Mais le désir de savoir ne fait pas de quartier. C'est comme une mouche qui s'élance contre une ampoule qui la grillera. Elle ne se retient pas. Elle fonce.

J'apprends également que tu couches avec des hommes qui ont l'air d'être restés des adolescents. Des gamins. Tu n'aimes donc pas que les virils, comme le grand Noir de la dernière fois. Mais comme tu n'as pas toujours le choix, et que ta confrérie est majoritairement composée de maigrichons tristounets, minces et tourmentés, craignant le froid et les courants d'air, tu t'intéresses aussi à eux. Tu apprends à les apprécier. Et je me demande comment tu fais. Ils sont danseurs, maquilleurs, designers d'intérieur. Il y en a qui ont de l'argent, et qui vont dans les spas. Il y a, dans le lot, des avocats, des anciens hétérosexuels avec de grands enfants, des architectes.

Tu apprends à y prendre goût. Et moi, j'apprends qu'au fil de tes escapades, une de vos soirées a mal tourné. Alors que tu te retrouves tout seul chez un homme plus vieux, et que vous êtes tous les deux bien amochés, le type commence à t'attacher à même un crochet placé au-dessus de son lit, et à te battre avec une ceinture. Ce n'est pas tout à fait ce que tu voulais, mais tu ne comprends pas tout de suite ce qui se passe. Et il est trop tard, car tu ne peux plus t'enfuir. Et le type se fâche, et il te traite de salope, et toi tu ne peux plus te défaire des lanières de cuir qui te retiennent, et la soirée commence à ne plus être tout à fait drôle. Il se fâche vraiment et semble perdre le contrôle. Il te laisse là, après t'avoir longuement torturé, insulté et craché dessus, pour aller se chercher des cigarettes au dépanneur, au beau milieu de la nuit, pour s'en griller une, mais aussi dans le dessein de te brûler en écrasant des mégots sur toi, flambant nu. Tu profites de cet entracte pour te débattre, et tu réussis à dévisser l'anneau du mur. Tu te rhabilles en vitesse, et files par la fenêtre, afin d'éviter de croiser ton agresseur dans le corridor, sifflotant sur le chemin du retour. Tu oublies de ramasser tes chaussures. Évidemment, tu ne dis rien à la police. Tu ne fais pas de déclaration. Tu te trouves déjà soulagé d'avoir pu t'en sortir à si peu de frais, et tu te demandes, dans le taxi, comment tu vas pouvoir faire pour nous cacher, à moi et aux enfants, tes cicatrices et tes stigmates.

Tu t'es fait agresser. Et on ne te demandera pas de venir pleurnicher à la télé. Il te faudra rester seul avec cette expérience. Tu la partageras dans tes courriels, avant que je ne les trouve, avec des copains qui te soutiendront, qui te raconteront à leur tour certains de leurs déboires et te donneront quelques trucs pour ne plus te refaire prendre dans ce genre de guet-apens. Je te connaissais avec ta veste, tes lunettes et ton air de rien, prenant du poids et des cachets pour relaxer, mais jamais je n'aurais pu t'imaginer sous cet angle, pas plus que sur un terrain de golf d'ailleurs, à te faire gruger les os par la vermine. Tu te faisais agresser et je n'en savais rien. Tu me cachais tes blessures, achetais des condoms nervurés, te faisais battre et sodomiser, essayais de nouvelles drogues, et moi je parlais au téléphone, casais des rendez-vous, aménageais des agendas, réservais des billets d'avion et faisais de la coke.

26

À l'école, Léopold devait apporter, chaque jour, un petit présent durant la semaine de la Saint-Valentin. Pour la fête de l'amour. Mais cette année, pour ne pas être discriminatoire envers les futures orientations sexuelles des enfants, il est devenu discourtois de demander aux garçons de choisir une dulcinée parmi les filles, ou vice versa. Alors Léopold, sans faire exprès, a pigé le nom d'un de ses amis masculins, et toute la semaine il a dû apporter des petits chocolats, des gâteaux, des dessins et des mots tendres à cet ami. La Saint-Valentin n'était plus la fête de l'amour, mais celle de l'amitié. Nous ne sommes pas allés à la réunion de parents de ce trimestre-là, car nous avions peur de péter les plombs encore une fois devant les profs, le directeur et les autres parents, et de passer pour des fous. Ce que nous commencions à devenir, de toutes façons, lentement mais sûrement.

Alors que je ne voulais plus faire d'autres enfants avec toi, il est un jour arrivé quelque chose dans ma vie privée. Une chose de plus à ranger parmi celles que tu ne sauras jamais, compte tenu de ton envol prématuré. À moins que tu ne nous regardes du haut du ciel, ou que tu reviennes tel un revenant, sévère et bienveillant, nous tourmenter l'esprit. Un événement de ma vie privée que j'ai préféré garder privé. Je préférais ne pas trouver d'obstacles sur mon chemin, me fiant à mes intuitions, pour mener à terme mon choix. En fait, une fois, une fois que nous avions fait l'amour, il s'est passé quelque chose d'imprévu. Une intervention du Saint-Esprit, toujours là quand on ne l'attend plus. Je me trouvais en Indonésie, trois mois plus tard, lorsque j'ai reconnu certains maux de ventre, et des symptômes qui me rappelaient ces moments de bonheur avec toi. Des signes qui ne trompent pas. J'avais déjà eu trois enfants, et deux avortements dans mon adolescence, je n'avais pas oublié ce que ça faisait, être enceinte une nouvelle fois. Je savais que c'était de toi, mais tu n'étais pas là, à mes côtés, puisque je me trouvais à l'autre extrémité du globe. Je suis allée à la pharmacie. À Montréal, il était treize heures de moins. Vous dormiez tous les quatre. J'ai acheté un test de grossesse, avec aucune instruction déchiffrable, que du chinois, et j'ai confirmé ma certitude. J'ai pleuré. Dix minutes. Et suis repartie travailler. Nous avions de gros contrats à faire signer à nos partenaires indonésiens. Nous étions venus pour ça. Pas pour les brochettes de satay.

Cette fois-là, je me suis fait avorter. J'ai attendu d'être de retour. Je t'ai parlé d'un meeting de postplaidoiries, et suis allée à la clinique. Mon amie Lydia m'a accompagnée. Elle connaissait la routine aussi bien que moi. Nous avons pleuré toutes les deux dans la salle d'attente. Je ne t'ai rien dit. J'ai trouvé que c'était mon droit, mon corps, ma vie, et que je pouvais en disposer comme je l'entendais. Et toutes ces bêtises que l'on choisit de dire dans ces cas-là. Sans te consulter. J'ai quand même trouvé cela difficile. Sachant qu'il s'agissait d'une troisième fois, l'infirmière en poste m'a montré le moniteur où l'on voyait le petit fœtus dont le cœur battait, par inadvertance. Mais je sais qu'elle a fait exprès. Une sorcière. Pour ne pas que j'oublie que je ne suis pas au garage. Et qu'on ne se fait pas avorter comme on va chez le coiffeur. Et qu'un avortement, malgré tout, même si on te gèle jusqu'aux aisselles avec des injections, ça doit faire mal. Quelque part dans notre tête, si ce n'est pas dans notre corps. Avant de repartir travailler et de conclure d'autres affaires.

J'ai agi de façon indépendante. Tu n'en as rien su. Aujourd'hui, je me dis que tu pourrais te réincarner en chat, et réussir à te faire adopter par notre famille. Tu pourrais alors errer, la nuit, dans la maison toute noire. Marcher sans faire de bruit, nous regarder depuis le haut de la bibliothèque. Tu pourrais m'épier, pendant que je lis ou que je range les jouets des enfants. Me fixer de tes yeux de chat inquisiteur, sans broncher, sans détourner le regard. Tu pourrais me donner l'impression de savoir des choses, et de n'en penser pas moins, malgré ton silence de chat. Et faire tomber des objets, des vases et des cadres, des sacs de farine et des bouilloires. Cacher nos clés et nos porte-monnaie. Juste pour nous emmerder. Tu pourrais grignoter les feuilles des plantes, te faire les griffes sur les accoudoirs, disparaître pendant quelques jours pour que l'on s'inquiète et que les enfants te croient mort, écrasé par un dix roues, ou t'en prendre à ma chemise de lin, et la réduire en lambeaux. Tu pourrais rester là, tapi dans un coin, à nous regarder. Comme si nous devions nous sentir coupables de quelque chose.

Un jour, en me lavant les mains, en les frottant bien comme il faut, avec beaucoup de savon, grattant les ongles frénétiquement, penchée au-dessus du lavabo, sans trop le sentir, mon jonc de mariage s'est détaché. Il a glissé de mon doigt pour tomber dans l'eau savonneuse. Il a roulé sur le bord de l'évier, puis dans un tourbillon, est entré dans le siphon, comme s'il y plongeait. Comme s'il avait l'intention de s'enfuir. Je me suis subitement sentie toute nue. J'ai réfléchi, puis j'ai repris ma route, après m'être essuyée méticuleusement jusqu'aux coudes. Le lendemain, je suis allée me procurer une autre bague. Un vulgaire rond couleur acier. Un modèle semblable au précédent, mais beaucoup moins cher. Je voulais surtout éviter les questions, éviter d'avoir à en discuter, et de me rappeler cette journée chaque fois que je verrais mes mains. Si bien que le jonc que j'ai porté ces dernières années, sans que tu le saches, n'était qu'un simulacre. Qu'un duplicata. Ce n'était pas le vrai. Il n'était pas sacré comme celui du mariage. L'authentique ayant stupidement disparu dans les égouts visqueux. Gobé par le Voreux. J'ai jeté la facture. Et fait comme si de rien n'était.

27

Au même moment, il y avait la guerre en Palestine. Plus exactement, il y avait l'armée israélienne qui détruisait tout dans la bande de Gaza. Les routes, les ponts, les maisons. Tout ce qu'il y a de plus ordinaire. Des centaines d'enfants tombant comme des pétales de fleurs, des écoles réduites en poussière, la population tremblant de peur, de faim et de froid. Comme d'habitude. On nous montre tout cela à la télé. Il ne manque que les odeurs. Le chaos à la télé, pareil à celui que nous avions dans la tête. Mais tout cela n'est rien à côté de cette fois où tu es tombé amoureux d'un type qui jouait au hockey, à la patinoire. Une bande de monsieurs se retrouvant le soir, sous les réverbères du parc Baldwin, comme des Italiens se réunissent au parc Jeanne-Mance, l'été, pour le soccer ou la pétanque. Dans ma tête, dans ma vie, toute proportion gardée, j'avais des images de la bande de Gaza qui revenaient.

Il s'agissait d'un homme, lui aussi père de famille, pas homosexuel pour deux sous. Pas jusqu'au moment de votre rencontre, dans le froid de l'hiver, en train de patiner et de vouloir compter des buts. Vous vous êtes vus, vous vous êtes parlé, puis vous avez tous les deux eu hâte à la prochaine soirée de hockey, pour vous revoir. Vous avez ressenti quelque chose, et avez été les premiers surpris de ce pressentiment. Le lendemain, dans votre vie quotidienne, au bureau, vous étiez troublés. Vous ne pensiez plus qu'à cela. Et vous étiez de bonne humeur. Les collègues vous trouvaient bizarres. Vous faisiez tout à coup des blagues, vous qui n'en faisiez plus depuis longtemps, et cela ne vous dérangeait plus de vous coucher tard. Vous étiez tous les deux comparables à un cactus que l'on venait d'arroser. Une lampe chinoise dans laquelle on venait de mettre une bougie. Une force nouvelle venait de naître.

Il faisait vingt-sept degrés sous zéro, et cela ne vous arrêtait pas. Toi qui ne savais même pas patiner, tu te découvrais subitement une franche passion pour le hockey sur glace : ses hors-jeu, ses rondelles et ses passes au filet. Tu étais excité. Et tu patinais. Mal, mais avec ferveur. Tu riais. Tu criais après les autres. Tu tombais et c'était de nouveau le fou rire. Pour rien au monde tu n'aurais raté l'un de ces rendez-vous. Tous les soirs, tu étais au parc. Même en pleine tempête de neige. Tu t'étais acheté un chandail, avec ton nom écrit derrière, une paire de patins et deux bâtons.

Le type s'appelait Patrice. Il avait deux enfants, une femme, et un boulot plus ou moins stimulant. Il ne vivait plus que pour payer son hypothèque et attendre que les enfants, deux beaux grands garçons en pain d'épices, décident de quitter le cocon. Il portait un manteau en Gore-Tex. Il avait dix ans de plus que toi. Et jouait au hockey depuis toujours. Cela devait te fasciner. Vous êtes tombés amoureux. Il n'y a pas de meilleure façon de le dire. Lui de toi, toi de lui. Comme pour un coup de foudre, une étoile de Bethléem. Ensemble, vous parliez, vous mangiez, vous sortiez. C'était une amitié facile. Jusqu'à l'exaltation. Il y avait, quand vous marchiez l'un près de l'autre, de la chaleur, de l'emballement. C'est avec lui que tu as correspondu le plus longtemps. J'ai retrouvé de votre idylle, deux photos, des petits films, des mots d'amour. Tu partais le retrouver au lieu d'aller faire l'épicerie, au lieu d'aller faire laver la voiture ou d'aller chercher le linge à la buanderie. Tu vivais quelque chose d'extraordinaire.

C'était un homme, et cela ne faisait pas de différence. À moins justement que ce soit cette différence qui te faisait retrouver de l'allant et du brio. Un amour totalement renouvelé. Inespéré et inattendu. Ficelé de manière à ne pas te faire retomber dans le piège annoncé des relations hommes-femmes. L'épisode était chargé d'espoir et de parfum printanier. C'est avec lui que tu as eu le plus de relations sexuelles. Statistiquement parlant, tu étais donc un homosexuel. C'était devenu presque stable. Lui n'avait jamais aimé un autre homme avant toi. Tu ne risquais pas de devenir jaloux et de perdre confiance en lui. Vous avez découvert une sexualité que vous ne pensiez réservée qu'aux autres. Vous en avez profité. Car lui aussi venait de trouver une nouvelle voie. Et disons qu'il était mûr pour ce genre d'aventure. Vous étiez arrivés à un âge où l'on se dit que la vie passe, qu'il n'y en aura sans doute pas de deuxième, pas de deuxième chance pour espérer faire mieux. Le temps pressait. Il pressait plus qu'il ne le pressait autrefois. Il n'était pas sûr que le ciel existe. Avec de la mousse et des oreillers. Il fallait être franc. Patrice a pris le tournant sans hésiter, et s'est transformé au fil des jours en un compagnon de tous les jours. Vous vous étiez trouvés. Comme une nouvelle adolescence. Vos rapports intimes avaient commencé progressivement à prendre du pic. Au début, c'était de la gêne et des tâtonnements. Mais il était clair depuis le premier soir que vous finiriez par coucher ensemble. Bilatéralement stupéfaits. De cela qui ne faisait aucun doute. Vous aviez dû vous dire « d'accord ». Mais en temps et lieu. Ce qui n'a pas tardé à arriver.

Les premiers jours, vous étiez timides. Mais très vite, Patrice s'est mis à avoir des idées. Son truc était de mettre une perruque avant de venir te rejoindre. Il souhaitait que cela te fasse plaisir. Il voulait, en fait, que tu veuilles qu'il vienne te rejoindre, pourvu d'une perruque. Une perruque folle, qui frise et prend du volume. Étant donné que tu l'aimais, tu acceptais ce genre de pratiques, comme tu aurais accepté n'importe quoi : les fouets, les pommades, les films porno. Tous ses caprices te convoquaient. Tu te disais que si notre couple à nous, hétérosexuel et uni par les liens d'un mariage classique, n'avait pas rencontré tous ces ratés, tu n'aurais jamais pu faire ces découvertes. Et jamais tu n'aurais connu de si puissants orgasmes. Tu commençais à voir qu'il y avait du «positif» dans les épreuves que nous tend la vie.

Tu t'étais même levé à cinq heures trente un samedi matin, pour te rendre à l'entraînement du match des étoiles de la Ligue nationale de hockey. Patrice avait obtenu des billets à son travail, et vous alliez pouvoir rencontrer Vincent Lecavalier. Et voir patiner de près le beau Kovalev, Plekanek, les frères Kostitsyn, Guillaume Latendresse, avec son œil au beurre noir, Robert Lang (ton préféré) et Hamrlik. Vous alliez manger des frites et encore rire un grand coup. Pour rentrer quelques heures plus tard, les joues rouges et le teint frais, refaire l'amour avec Patrice, Patrice et sa perruque après laquelle tu t'agrippais. En dépit du Velcro.

28

Et moi qui te supposais tranquille à la maison, à ne rien faire comme un débile en dépression. Écrabouillé dans ton sempiternel fauteuil, les yeux dans le vide. À ne rien attendre. Si j'avais su que tu te défonçais de la sorte par la sortie de secours, je t'aurais peut-être considéré autrement. J'aurais peut-être été impressionnée par tant de mobilité, et t'aurais peut-être aimé de nouveau. Mais je n'ai rien su. Et tu as continué de coucher avec un homme qui mettait des perruques : assis, debout, à quatre pattes. Dehors, contre la clôture à la brunante, dans la cuisine, dans la cabane de la patinoire, une fois les réverbères éteints, chez lui, chez nous, dans notre douche, et ainsi de suite.

Tu as vécu un amour fou. Une relation marquante. L'émulsion, le croquant, le fondant. Si tu étais parmi nous, encore à cette heure-ci, tu ne pourrais en témoigner sans qu'une larme te vienne aux yeux. Il s'agissait de quelque chose de rare. Que tu n'auras pas su vivre auprès d'une femme. Malgré mes prétentions. Je le prendrai un peu comme un affront, pour moi et pour les filles de ma trempe. Mais à présent, je n'y peux plus grand-chose.

Tu étais tout de même, entre-temps, retourné voir ton comptable. Celui qui voulait te brûler avec des mégots et te laisser des marques. Tu t'étais échappé de justesse de son appartement, à moitié nu, croyant éviter la mort sous la torture, mais ce type t'avait laissé un petit goût de revenez-y. Comme une sauce au piri-piri. Tu étais retourné dans le même bar glauque, où tu l'avais rencontré la première fois, et tu l'avais revu. Tu savais où le trouver. Tu connaissais le topo. Il était fâché, mais cela faisait évidemment monter le désir en lui. Tu as voulu qu'il recommence, qu'il te batte et te maltraite. Tu considérais l'avoir mérité. Tu savais que cela te ferait du bien, et remettrait les choses à leur place. Tu l'as encore suivi jusque chez lui. Au point où tu en étais. Que pouvais-tu perdre de plus ? Il savait comment s'y prendre, le comptable dégénéré. Et il savait que tu savais. Il avait beaucoup de crédibilité. Tu avais besoin d'intensité. Avec Patrice, c'était très bon, mais ce n'était pas comme avec ton comptable. Ce dernier ne faisait pas que t'attacher, il t'insultait, te traitait de pute, comme je l'ai déjà dit, et faisait des colères terrifiantes. C'était sa seule manière d'avoir des relations sexuelles. Un peu toujours pareil, un peu toujours le même scénario. Peu de surprise à l'affiche, mais beaucoup de virulence. Il te battait, et te demandait de lui dire que tu étais désolé, et que tu n'avais pas voulu lui faire autant de peine. Que tu ne recommencerais plus. Tu ne savais pas de quelle peine il s'agissait, mais tu n'avais pas de mal à lui obéir, et à ne plus te poser de questions superflues. Tu avais à la fois peur de lui, et pitié de lui. C'était un bon comptable, dans un bureau bien établi, avec une clientèle restée fidèle au fil des années fiscales. Il avait l'air climatisé dans son appartement, un bain-tourbillon, une machine à expresso. Il pouvait ranger sa voiture au chaud, dans le stationnement intérieur du troisième sous-sol.

C'était un peu comme si tu trompais Patrice qui, resté auprès de sa femme et de ses deux gars, s'endormait en ne pensant plus qu'à toi. À toi qui, en échange, te faisais démolir à grands coups de cravache tout en ayant du mal, les jours suivants, à dissimuler les traces, surtout l'été, quand il n'y avait plus de chutes au hockey pour servir d'alibi. Tu retournais te réfugier dans les bras de Patrice, qui t'attendait, sans rien savoir. Comme moi non plus qui ne savais rien. Comme personne, finalement, qui ne savait rien de ce que tu nous fomentais.

Léopold venait d'avoir dix-sept erreurs dans un examen noté sur vingt-quatre. Il continuait de grandir. Il était malgré tout splendide. Nous le laissions regarder la télévision jusque tard le soir. Passé minuit, il n'était pas encore couché. Souvent, il devait faire lui-même son lunch le matin, avant de partir pour l'école, ainsi que celui de sa sœur, parce que nous avions oublié. Nous lui donnions de plus en plus de responsabilités, comme vérifier s'il manquait de lait, s'il restait des yaourts pour la plus petite, si la porte était bien verrouillée, si nous n'avions pas oublié de laver des bas et des petites culottes. On ne se demandait pas s'il avait des devoirs à remettre ni même s'il les faisait. Il imitait notre signature quand il se faisait coller des papiers jaunes, pour manquement au code de vie de l'école ; nous n'étions pas disposés à en parler avec lui. Trop essoufflés, nous étions. De toutes façons, il n'avait plus besoin de nos conseils ni de notre éducation, il avait déjà tout compris. En deux temps trois mouvements.

Chez Patrice, il y avait des affiches de cinéma de la nouvelle vague qui décoraient les murs. C'était propre. Et chaleureux. Avec ses gars, il allait se baigner à la piscine toutes les semaines. Ce n'était pas comme chez ton ivrogne. Chez ton ivrogne, c'était plus fruste. Il n'y avait presque rien : un lit dans un coin, une table, quatre chaises, et des bricoles dans la cuisine : grille-pain, ouvre-boîte électrique, bouilloire. Les murs du salon étaient peints en rouge. Les soirs qu'il te battait, il lui arrivait de te rentrer la tête dans ces murs rouges de Placoplatre. Rouge feu. Ces murs, tu les connaissais bien. Dans le Placoplatre, quand on frappe plus ou moins fort, ça fait des trous.

Chez Patrice, quand tu y allais en l'absence de sa femme, il y avait de la musique. Tu menais une triple vie, et peut-être une quadruple. Tu passais d'un monde à l'autre, sans avoir l'air d'être débordé. La chaleur des baisers de l'un, la pilosité tiède de l'autre. La gentillesse de l'un, la colère de l'autre, et mon indifférence à toutes tes frasques. La complicité avec l'un, les discussions, la passion du thé, versus la force, la poigne et le courroux de l'autre, avec ses imperméables des années cinquante. Tu t'étais morcelé en plusieurs petites parties. Des instants de tendresse et de bon romantisme, une bonne homosexualité franche et camarade, puis des instants où tout bascule, où tout est perdu. Oscillant de l'un à l'autre, en alternance, parfois avec facilité, d'autres fois avec lourdeur, de peine et de misère. Secoué, mais te faisant tout de même sodomiser avec aplomb. Que tu le voulusses ou non. Chez l'un c'était le cinéma, la cuisine santé, le sport, la sueur et l'eau gazéifiée. Chez l'autre, c'était le gin, la mauvaise haleine, les amis louches et les coups fumants. Et moi dans ce lot, au milieu de ce fatras, réduite au rang de vieille chaussure oubliée, avec mes seins et ma vulve et mon cul, ne trouvant plus de place dans le portrait. Et mes yeux, désormais vitreux. Où il ne semble rien persister des étincelles de nos débuts. Moi qui n'étais pourtant pas si mal partie. Comment cela a-t-il bien pu se produire ? Il y a des choses que l'on fait, et que l'on ne comprend qu'après coup.

29

Tu aurais pu désirer pire. Faire pire. Tu aurais pu aimer les animaux et fantasmer des comportements déviants. Impliquant des chiens ou des animaux domestiques. Tu aurais pu être chamboulé, désorienté, et devenir fortement intéressé par les animaux domestiques. Tu aurais pu aimer le sadomasochisme à saveur de latex, avec des chaînes et des cachots. Tu aurais pu faire partie d'un groupe de pédophiles, et moi je pourrais être en train de découvrir ta collection de photographies scabreuses. Tu aurais pu n'aimer que les mineurs, ou les orgies à plusieurs dans des gymnases remplis d'échangistes motivés. Tu aurais pu aimer faire l'amour avec des couples, des vieux, des jeunes, des grosses femmes avec des masques et des jarretières.

Mais tu aurais aussi pu souhaiter que je te fiche la paix. Souhaiter que je meure en m'étouffant à l'aide d'un noyau de pêche, ou me demander de prendre moins de place. Pourquoi ne pas me le demander ? Pourquoi ne pas avoir essayé de me parler ? Tu aurais pu, tout simplement, aimer que je prenne moins de place, et essayer de m'en parler, pour que le zeitgeist vire autrement. Tu aurais pu souhaiter que je ne trouve pas cela insupportable d'être une mère. Une femme fidèle qui dit chaque fois : « Oui, d'accord. » Que j'aie envie d'être avec toi et que je sache te le signifier. Mais nous vivions au XXIe siècle. Et nous n'avions pas le choix. Nous n'allions pas refaire le monde.

Tu aurais pu aimer que les enfants regardent moins la télé, qu'ils fassent plus d'exercice, qu'ils dessinent, qu'ils lisent davantage et qu'ils aiment les légumes. Tu aurais pu aimer que je me trouve belle devant la glace, et que je ne délire pas sur ma peur de me voir vieillir, sans rien pouvoir y faire. Que je sautille de joie les soirs où tu m'invites au restaurant. Que j'aie envie de te comprendre, de te soutenir. De te trouver drôle avec tes blagues et d'être d'accord avec toi et de trouver que tu as raison, lorsque tu as raison.

Nous aurions pu faire chambre à part. Chacun son lit, chacun ses draps. Et arrêter de faire les guignols. Ne plus faire notre lessive le même jour, si nécessaire. Manger à des heures différentes. Tu aurais pu tout simplement souhaiter que j'y ajoute un peu du mien. Pour que la vie devienne vivable pour toi. Puisque je savais qu'il était ultimement préférable que ce soit soutenable pour toi, si je voulais que mes enfants aient un papa. Avec qui jouer, faire des crêpes et parler de pêche à la truite. Des choses qui ne m'intéressaient pas. Mais qui devaient être fondamentales dans le développement de jeunes enfants. Un truc qui ne se trouve pas sur une tablette de supermarché. Je respectais le père que tu étais. On ne m'avait rien dit à propos de la psychologie infantile, mais je le savais d'instinct. Tu n'étais plus important pour moi, mais tu l'étais pour eux.

30

Il faisait noir. C'était la nuit. Ce soir-là, un ciel bas et lourd recouvrait notre hémisphère nord. Exactement là où nous nous trouvions. On annonçait de la pluie, mais surtout une veille d'orages électriques était en vigueur. Il y aurait des éclairs et de grands vents capables de dévaster des récoltes et de broyer des arbres. Un temps à ne pas mettre un chien dehors.

Des cumulonimbus se forment doucement dans l'air instable. De violents courants verticaux viennent peu à peu entraîner l'air humide et chaud en altitude. Des particules plus fines se séparent des particules plus lourdes. C'est un schisme. Le frottement entre celles-ci crée une séparation des charges électriques, les positives (légères) et les négatives (plus lourdes). Celles-ci restent à la base du nuage. Puis, entre le sol et l'ionosphère, l'air se transforme en conducteur. Un déséquilibre entre les charges des nuages se prépare. Des électrons jaillissent. Le sol terrestre se trouve naturellement chargé négativement, et l'accumulation d'énergie dans le nuage devient, à un moment, si importante, qu'une décharge se produit. Cela se fait dans un impressionnant fracas. Comme pour un soulagement. Des éclairs jaillissent alors. Métalliques et froids. Capables de mettre le feu à n'importe quelle toundra.

Nous le savons. Dans les écoles primaires, tous les enfants apprennent ces choses. Ils apprennent aussi que la présence d'objets pointus au sol peut renforcer localement le champ électrique, celui-ci pouvant alors atteindre des valeurs astronomiques : l'effet de pointe est réussi. Les coups de foudre de ce soir-là échangeaient des charges entre le sol et les nuages au rythme de plusieurs dizaines à la minute. Le phénomène était très beau. Le bleu du ciel devenait mauve. Nous étions l'été. Il faisait chaud. C'était ahurissant.

Et toi qui te trouvais là, avec ton sac à dos. À gober des moustiques. Tu as tout encaissé. D'une traite. On dit que la chaleur se dégageant d'un éclair comme celui-là est de cinq fois la température du soleil. Cent millions de volts, si on calcule. En libérant cette énergie, les molécules d'air de l'endroit émettent de la lumière. Conséquemment, lorsque l'éclair t'a choisi et s'est précipité sur toi, tu es devenu lumineux. Éblouissant dans la nuit noire. Tes cheveux ont pris feu. Tu n'as eu aucune chance.

Le ciel se déchirait. La pluie tombait comme au temps du déluge. Tu as pris feu, mais tu n'as pas grillé longtemps. Tu es directement tombé dans une mare d'eau, récemment formée par les pluies diluviennes. Il y a eu un bruit dont on dirait qu'il était tonitruant. Tu n'as pas crié. Tu as manqué de temps. L'éclair t'aura pris par surprise et par-derrière.

C'est pour cette raison que la pelouse, autour de toi, était calcinée. Comme on t'a trouvé là, et qu'on a cru que tu t'étais suicidé, Léopold et moi, on a décidé de t'enterrer directement sur le terrain. Ce n'était peut-être pas l'idée du siècle. Mais on a senti que c'était la chose à faire. On n'a pas tergiversé. On a agi spontanément. Dans les herbes hautes, aidés des phares de la voiture, au milieu d'une autre nuit noire et cotonneuse, Léopold a fait un trou. Les filles attendaient sur le siège arrière, assoupies devant leur iPad. Nous avions des bouteilles d'eau, un thermos de café et des couvertures. À la maison, nous n'avions pas trouvé de pelles ni de bêches. À part les pelles de plastique, légères, idéales pour la neige et ses bordées, mais d'aucune utilité quand vient le moment de creuser un trou dans la terre fraîche, composée de glaise et parsemée de roches. Il nous fallait creuser un énorme trou, profond, plus profond que pour des rosiers ou pour un poteau. Deux mètres au moins. Un grand trou, comme à l'époque du Far West.

C'est Léo qui a fait tout le travail. Lui que nous pensions fainéant. La soirée le permettait. Il faisait doux, et les orages avaient cessé depuis plusieurs jours. Il n'y avait plus d'éclairs. Même que le ciel était dégagé, et que les étoiles avaient doublé en quantité. On aurait pu voir des soucoupes volantes, atrocement seuls comme nous l'étions, se poser dans le gazon récemment tondu. Il faisait noir. Radicalement noir. La lune n'y était pas. Parmi les loups et les bruits nocturnes, dans la nature, notre fils a creusé tout seul un très grand trou. Et on t'a mis dedans. On avait essayé tant bien que mal de ramasser tous les morceaux, et de les mettre dans un sac en tissu : une housse de sac de couchage que nous avions dans le coffre de l'auto. De toutes façons, tu étais méconnaissable. Tu aurais pu être quelqu'un d'autre. On aurait pu s'être trompé de cadavre tellement il était impossible de te reconnaître. On n'a pas eu besoin de beaucoup se parler, à ce moment-là de notre vie. Les choses allaient de soi. On n'a pas eu besoin de tâtonner. On a remis la terre, toute la terre enlevée, jusqu'à t'ensevelir complètement. On a pris soin de ne rien oublier, et d'effacer les traces, aussi bien qu'on a pu. Léopold a même eu l'idée de transplanter quelques petits buissons. Et de les arroser. Pour qu'ils aient l'air d'être nés là, et de pousser comme si de rien n'était. Et de grandir au gré du vent.

On a pris la peine de faire une petite cérémonie. Quelque chose entre nous. Avant de déguerpir. Avec une bougie de signalisation d'urgence dénichée dans la boîte à gants. Et des chansons de camps de vacances. Dans la nuit, la bougie en question a créé une grande lueur rouge écarlate. Une lueur dont nous allons tous nous souvenir pour des siècles et des siècles. On aurait pu contacter les autorités, dire à tout le monde que nous t'avions trouvé, et qu'elles pouvaient mettre un terme aux recherches. Arrêter de s'éreinter. Ranger les chiens et remiser l'hélicoptère. Nous aurions pu donner dans le conventionnel. Et faire circuler ton cercueil devant l'église, puis sur le parvis, puis jusqu'au cimetière à même un corbillard, suivi par le cortège endeuillé de notre famille élargie.

Mais nous avons choisi autre chose. Une autre fin. Quelque chose qui ne serait qu'à nous, et qui rendrait hommage à ta clandestinité. Nous ne voulions pas que les gens sachent. Même s'ils allaient bien finir par le savoir un jour ou l'autre. Nous voulions célébrer cela entre nous. En famille. À aucun moment, Léopold et moi, nous ne nous sommes demandé si tout cela était légal. Nos certitudes allaient de soi. L'être humain avait bien inventé les pelles, ce ne devait certes pas être pour cuisiner des clafoutis. Nous avions acheté des pelles, et des pioches, et nous comptions bien nous en servir pour ce genre d'occasion.

31

Évidemment, le temps a fini par s'écouler. Les feuilles de l'automne ont fini par tomber. Et tout le reste s'est enchaîné comme il se doit. Et j'ai fait comme tout le monde, j'ai continué de vivre ma vie. Comme tout un chacun de catégorie moyenne le ferait en pareil cas, malgré la guerre, les difficultés du quotidien, les enfants qui grandissent et qui nous font des remarques, les souvenirs que nous gardons pour nous, parce qu'il n'y a plus personne avec qui les faire revivre. La vie a continué, quoi qu'il en soit, et je me suis laissée faire. Parce que bon.

J'ai porté le deuil. Ainsi que j'avais promis de le faire, quand nous nous sommes mariés, si tu mourais avant moi. Je me suis vêtue de noir, jusqu'à ce que l'on me dise que c'était ridicule. C'est pourtant beau, du noir. Et ça ne paraît pas tout de suite que c'est en raison de la mort d'une personne ou de la disparition de quelqu'un. Sept ans plus tard, sans nouvelles de ton existence, nos assurances habitation ont payé la totalité de notre hypothèque. Le gros lot valait aussi dans le cas d'une mort causée par des éclairs, sur un terrain de golf ou sur n'importe quoi. Toutes les catégories d'intempéries pouvant causer la mort étaient incluses et explicitées dans notre contrat d'assurance. Les insectes, les inondations, les météorites. Cela n'aurait pas été valable pour un voyage spa et détente en Afghanistan, ni dans le cas d'un accident de parachute. Mais dans ton cas, les choses se sont réglées rapidement. À cette période, je vomissais beaucoup. J'étais mal et j'avais des étourdissements qui me faisaient pâlir, comme une pinte de lait, comme si j'avais le sang qui se glaçait subitement, au détour d'un tout et d'un rien. Je faisais garder les enfants par ma mère ou par ta mère. Je dormais. Je me couchais. J'attendais qu'il soit vrai que demain serait un nouveau jour. Mais j'y croyais de moins en moins.

Financièrement, je n'avais plus qu'à payer à temps les taxes de notre immeuble, et à récolter les loyers, ce qui me permettait de m'offrir de petits suppléments : des vacances à Cuba, des restaurants... Pourquoi a-t-il fallu que tu meures, pour que je commence à t'estimer, à t'aimer, te comprendre ? J'ai fait beaucoup de ménage, la première année. J'ai posé de la pelouse dans la cour et repeint la totalité des murs de la maison. J'ai jeté beaucoup de choses : des meubles, de la vaisselle, des papiers. Je n'ai pas conservé tous tes vêtements. Léopold trouvait cela lugubre. J'ai gardé de toi quelques bricoles, ton chapeau, une paire de lunettes, des lettres. Je me suis débarrassée de tous tes livres. Je n'aime pas les livres. Je trouve ça laid, j'ai toujours trouvé ça laid. Mais j'ai voulu conserver certains souvenirs pour les enfants. Plutôt que de les jeter avec tout le reste.

32

Au début, je me suis demandé comment j'allais bien pouvoir survivre. Pour exister sans toi, sans ta présence que j'avais fini par m'habituer à exécrer. Je n'arrivais pas à détester autre chose pour te remplacer. Ton absence a étonnamment creusé un vide immense, dans notre vie à tous les quatre. Mais le temps a passé. Comme une inévitable force agissant sur le monde. Et aujourd'hui, je suis avec quelqu'un d'autre. J'ai recommencé à porter du gris, puis un peu de blanc, puis des couleurs, celles de l'automne, puis celles de l'hiver, et ainsi de suite. Nous avons déménagé. Il se prénomme Gaston, et les enfants, pour le moment, s'entendent assez bien avec lui. Ils ne lui demandent pas de te remplacer. Nous sommes partis vivre ensemble. Nous avons acheté une maison moitié-moitié. Les enfants ont changé d'école. La petite ayant terminé ses années au service de garde, elle a pu commencer sa maternelle dans un nouveau quartier. Elle restera sans nouvelles de ses premiers petits copains : Clémentine, Arno, Groucho, Lucas, et de ses éducatrices qui ont été des mères pour chacun de nos enfants. Mais c'est déjà une autre époque. Très vite, les événements se sont succédé, et cette époque est devenue une autre époque. Des souvenirs éloignés que l'on ne perçoit désormais plus qu'entourés de flou.

Gaston n'est pas du tout du même genre que toi. Il est plombier. C'est son père qui lui a transmis le métier, mais il a quand même fait son cours pour obtenir ses cartes. Il est assez travaillant, et gagne très bien sa vie. Il a deux camions, et sa petite entreprise, dont il surveille tous les rouages, ne cesse de refuser des contrats. Il tient cela de son père. C'est son père qui lui a légué l'entreprise. Aucune dette. Il y a des chantiers qui peuvent lui faire gagner jusqu'à mille dollars de l'heure. Il gagne autant d'argent qu'un chirurgien, et personne ne proteste. Tant mieux pour lui. On ne va pas pleurer chaque fois qu'il nous arrive quelque chose de bien, quand déjà on pleure chaque fois qu'il nous arrive quelque chose de mal.

Ne va pas croire que je n'ai pas pleuré. Même qu'en présence de Gaston, il m'arrive de ressentir un tremblement, parce que quelque chose me fait penser à toi. Il s'en aperçoit. Il croit que j'ai un peu froid, alors il me prête sa veste et la dépose sur mes épaules. En fait, je crois que je t'ai aimé beaucoup plus après ta mort. J'ai l'impression, parfois, de me sentir tellement près de toi. Plus près de toi que de personne d'autre. J'ai l'impression que même si tu es mort, je n'ai eu qu'un seul mari, et que c'est toi. Et que ce mari, je le trouve bien mieux maintenant qu'il est absent, mort et enterré, sans espoir de retour. Plus beau, plus gentil, avec ses yeux qui me regardent avec bienveillance. C'est toi, mon homme, mais il a fallu que tu meures pour que je m'en rende compte.

J'ai récemment appris que l'église où nous nous sommes mariés allait être démolie. Phénomène plutôt rare pour le moment, mais complètement cohérent compte tenu du fait que plus personne ne la fréquentait et qu'elle était fermée depuis plusieurs années. Les pompiers devaient souvent intervenir les jours de grands vents, pour retirer des lambeaux de clochers menaçant de se détacher. Le curé de la paroisse a fait distribuer des tracts pour avertir les paroissiens. Pour leur dire de ne pas s'en faire, que cela pouvait peut-être créer une sorte de traumatisme chez certains, mais que le plus important était de se rappeler que la maison de Dieu est logée dans le cœur de chacun, et non pas que dans un vieux bâtiment décrépi et désormais dangereux. C'est une énorme église. Il faudra des mois pour la démantibuler et la mettre dans un porte-poussière. Il ne restera bientôt plus rien de cet endroit où nous nous étions promis des vœux pour l'éternité. Dans quelques années, même les enfants ne me croiront plus lorsque je leur dirai qu'à cet endroit, il y avait une gigantesque église, avec trois portes et deux énormes clochers. Et que leurs parents s'y étaient même mariés. Ils auront de toutes façons déjà du mal à croire que leurs parents puissent avoir un jour été mariés.

33

Avec Gaston, c'est différent. Je l'ai rencontré au palais de justice. Il avait été engagé pour remplacer le système de gicleurs dans les plafonds. On a dîné ensemble à la cafétéria. Et puis j'avais envie d'un homme fort, avec de grosses mains, capable de grimper dans un poteau de téléphone sans équipement. J'avais besoin de me sentir légère, de lâcher prise et de me laisser flotter.

Tous les soirs, j'allais me baigner. Je ne parlais à personne, je nageais. Je restais la tête sous l'eau, regardais vers le vide, les yeux grands ouverts. Je n'en revenais pas. Ma vie avait changé. Je vivais plus sainement. Mon problème d'accoutumance avait volé en éclats. J'avais remplacé la drogue par autre chose, mais je ne savais pas exactement par quoi. Je savais que ce n'était pas dans le vélo ni le jogging. Je savais que ce n'était pas dans le sexe effréné non plus. Je me baignais, je me lavais, je me purifiais.

On s'est revus, Gaston et moi, dans un party de fin de soirée. J'étais crevée, comme chaque fois dans ces cas-là. Dans ma tête ce soir-là, je me disais que je n'avais plus vingt ans. J'ai bu un verre de champagne et puis paf! Je n'avais dormi que huit heures en trois jours. Je me souvenais d'avoir dévoré une pomme comme seul repas en soixante-douze heures, et d'avoir ingurgité le cœur et les pépins tellement j'avais faim. Il m'a parlé. Je l'ai trouvé drôle. Il s'est intéressé à moi. Même s'il savait que j'avais trois enfants. Et que j'étais veuve. Il n'a pas fait que parler de lui. Il a été gentil, nous nous sommes revus, puis encore revus, puis nous sommes allés au cinéma, puis voir un spectacle de danse, puis une pièce de théâtre. Au théâtre cette fois-là, il s'est endormi. Il n'aime pas trop que je raconte cette anecdote. Nous avons mangé au resto quelques fois, puis nous nous sommes embrassés, puis je ne suis pas rentrée chez moi, un soir où Léopold pouvait garder, puis nous avons fait l'amour. Tout ce qu'il y a de plus logique et cohérent comme histoire.

Cela faisait quelques années que j'étais toute seule. Et je savais bien que j'étais foutue, qu'il n'y aurait eu que toi, et que j'allais grossir et que j'allais vieillir, que la vie était courte et que personne ne voudrait d'une vieille sacoche comme moi. Je me dévaluais, je perdais confiance en mes aptitudes. Je m'investissais encore beaucoup dans le travail. À défaut d'autre chose. J'achetais des crèmes de nuit. J'écoutais les conseils et les recommandations de tout le monde. Je faisais ce que je pouvais.

34

Gaston s'occupe beaucoup de la maison. Il a toujours un marteau à la main. C'est un homme vaillant. Les enfants font leur vie, et je ne sais même pas s'ils vont bien ou s'ils ont des soucis. Ils ne me parlent presque plus. Ils savent ce qu'ils ont à faire, et n'ont pas l'air d'avoir l'intention de compter sur moi plus qu'il ne le faut. Ils me fichent la paix. Peut-être un peu trop ces derniers temps. Je ne sais rien d'eux. Ils n'ont pas la grippe, n'ont pas de poux ni de lentes, ne demandent jamais rien d'autre que des chaussures et des manteaux, parce que tout de même, ils grandissent. La petite est encore un peu colleuse, mais je n'aperçois les deux autres qu'entre deux coups de vent. Béatrice ne me parle plus de ses chums ni de ses chicanes avec ses amies. Elle est là, elle mange, elle écoute la télé, elle s'occupe de ranger ses patins, de répéter son piano, etc. Mais elle ne me demande plus de faire des choses avec elle la fin de semaine. Je pense qu'elle me laisse vivre ma vie, et qu'elle n'a pas envie de s'en mêler.

Je pense encore à toi, parfois. Je suis beaucoup plus souvent à la maison, et beaucoup moins dans les aéroports et les autres pays, depuis ta mort et ta putréfaction. Avec Gaston, les événements se renouvellent au gré du nécessaire. Et l'atmosphère dans notre couple est en conformité avec les idées de notre époque. Il devient en quelque sorte le nouveau papa des enfants. Je lui permets de les disputer, de leur faire la morale. Pas le choix. Il n'exagère pas, et malgré ses grosses mains toujours enflées de travailleur acharné, il est doux comme un lapin.

Avec lui, je fume du pot. Lui, moins souvent que moi. Je fume le soir, une heure avant de me coucher. Je ne fume pas comme une défoncée. Mais raisonnablement. Je ne m'étouffe plus quand j'inhale. Lui fait ses trucs, il boit de la bière dans le garage avec ses amis. Ils font semblant de faire de la musique, et cela les tient occupés. Ils ont commencé à jouer ensemble alors qu'ils étaient au cégep. Ils n'ont jamais cessé de se réunir. Presque toutes les semaines, ils bidouillent sur leurs instruments. Ils partagent leurs difficultés entre gars. Et se donnent des réponses de gars, dans un garage le vendredi. Avec de la bière.

J'ai le sentiment que nous revenons tous de loin. Lui, moi, les enfants. Lui n'a pas vu les siens pendant plus de dix ans. Sa première femme est allée vivre en Alberta avec eux. Il ne leur a parlé qu'au jour de Noël, à leur anniversaire, et encore, ils n'avaient rien à se dire. Ils cassaient le français. Il ne les reconnaissait plus. Gaston a eu un passé douloureux. Tout ce bordel lui a cassé son enthousiasme de vivre. Et c'est pour cette raison qu'il n'a pas voulu d'une autre conjointe durant longtemps. Jusqu'à ce qu'il me rencontre. Alors je ne voudrais pas le décevoir, et lui faire regretter d'avoir repris espoir en l'amour.

Nous aurions pu tomber plus mal. Et les enfants auraient pu avoir un beau-père qui leur parle mal, qui les frappe et les traîne par terre en les tirant par les cheveux. Ils auraient pu être maltraités, et moi, j'aurais pu rester là, figée dans mon coin, à ne pas savoir quoi dire, à ne pas savoir quoi faire, et à le laisser agir comme il l'entend dans sa maison. Le laisser se défouler sur ces enfants qui ne sont pas les siens, et dont le désir remonte à une tout autre vie. Un chapitre désormais maudit. Et moi qui me dis que je n'ai pas assez d'argent pour m'en aller, et revenir au point zéro, une fois de plus, et qui se dis qu'il faut bien apprendre à supporter les travers de son conjoint, qu'il y aura toujours des défauts chez les autres, toujours des petites fatigues et des insatisfactions.

Vous ne vous ressemblez pas tous les deux. Ni sur le plan de la taille, ni sur le plan du poids, ni en ce qui a trait à la texture de votre peau. Vous n'avez pas la même chimie. Il a beaucoup de grains de beauté dans le dos. Quand nous faisons l'amour, Gaston a tendance à suer beaucoup. Il est vite trempé. Au début, cela me dégoûtait. Il voulait que je le touche, que je mette ma main sur son torse dégoulinant. Pour constater combien il m'aimait. C'était pour lui un signe, j'imagine. Je retenais mes envies de nausées, mais j'ai fini par m'habituer. Il a un peu le grain de peau d'un rouquin. Une peau crémeuse. Et il devient tout rouge lorsqu'il fait des efforts. Je crois que nous les femmes, on finit toujours par s'habituer, et que ce n'est qu'une question de bonne volonté parfois. Je n'ai pas toujours pensé ainsi, mais après deux mariages, l'orgueil est une notion qui change de place. Au début j'ai fermé les yeux, puis j'ai fini par accepter. Comme quand il faut manger des endives, du boudin, du foie de veau. Il y a des gens qui prennent ce que la vie leur offre, et d'autres qui refusent ce qui leur est offert, parce que ce n'est pas ce qu'ils veulent. Je suis désormais contente de pouvoir suivre Gaston sur son chemin. Avec moins d'orgueil, bien des choses se modifient.

35

Gaston, il joue au hockey. Même qu'il s'est déjà cassé la clavicule tellement il patinait avec ardeur. Il n'a pas de moustache, mais sur une photo de lui quand il était plus jeune, j'ai vu qu'à une époque, il s'était laissé pousser des favoris, et cela lui flanquait un petit air crétin, ce dont il n'avait pas besoin. Gaston, il dit : « criss de câlisse de criss de câlisse de criss » quand il se cogne un doigt avec un marteau ; il dit *couch* pour dire « fauteuil », il dit *de la jam* pour dire « de la confiture ». Il a déjà passé tout près de se battre avec le deuxième voisin, je ne sais plus trop pour quelle raison, mais il en parle lors de chaque party de piscine, parce que nous avons une petite piscine, derrière, enjolivée de lumières pour le soir ; et avec une bière, dans le sauna au milieu des bouillons, je vous jure qu'on se sent revivre.

Gaston, il ne s'entend pas très bien avec sa mère, qu'il appelle « maman » quand il lui parle au téléphone. Il a déjà fumé, mais il ne fume plus. Quand il vivait avec son ex-femme, il ne prenait aucune décision à propos de la maison, des enfants, de la vie, l'argent. Il s'était un peu laissé faire, et c'est une tendance qui s'était amorcée très tôt dans leur relation. Puis ce fut comme un engrenage qui ne s'arrête plus, et nous connaissons la suite. Sur le plan des décisions familiales, il était à peu près considéré de la même façon que ses deux gars, même si vers la fin, il devait dormir au sous-sol, dans le garage, en petite boule sur un carré de gazette. C'est sa femme qui répondait au téléphone, qui inscrivait les enfants à des cours de ceci ou de cela. Lui, il n'était au courant de rien les trois quarts du temps. Il pouvait regarder la télé dans la cave, il pouvait même s'endormir devant. Il avait sa salle de bain. C'est à ce moment-là qu'il a compris que les choses devaient changer. Chacun doit prendre le temps qu'il faut pour toucher le fond. Il a mis du temps à se réveiller, dit-il. À se dessiller les yeux. Je me dis que moi aussi, j'y ai mis du temps.

Chez lui, il y a des choses que je n'aime pas, mais il y a aussi des choses que j'aime. Je n'aime pas, par exemple, quand il va aux toilettes et qu'il omet de fermer la porte. Cela me fait chaque fois grincer des dents. Je n'aime pas quand il fait des réflexions au sujet des seins de la petite voisine qui commencent à se faire valoir à travers ses gaminets. Devant tout le monde, je trouve cela gênant. Je suis en général dérangée quand il regarde des filles plus jeunes. Il y en aura toujours des plus jeunes. Et personne ne peut lutter contre cela. Je n'aime pas quand il se décrotte le nez devant la télévision en oubliant que nous sommes là et que nous le regardons faire. Mais j'aime quand il se lève le vendredi matin en disant : « Bientôt la fin de semaine ! » J'aime quand il me rappelle que toute bonne chose a une fin. Quand il fait son imitation de Jean-Pierre Ferland pour faire rire tout le monde, il me fait rire aussi. J'aime quand il boit un verre de trop et qu'il s'endort comme une brique et qu'il ronfle une partie de la nuit. J'aime son haleine d'alcool.

Gaston, il sait faire des rénovations. Il a les outils qu'il faut, avec des coffres, des rallonges, des lunettes et des casques. Il sait casser des cloisons à coups de masse, creuser des tranchées, rabouter des tuyaux neufs avec des tuyaux vieux, et se couvrir de plâtre. Il a des bacs à recyclage remplis de truelles et de papiers sablés, il a des rouleaux, des rabots, des vêtements de rechange pour se salir, trois marteaux, deux niveaux, et des centaines de milliers de vis plus ou moins répertoriées, séparées dans des pots, classées.

Gaston, il a de la suite dans les idées. Il a déjà pesé deux cent trente livres, mais il se maintient désormais entre deux cents et deux cent dix. Il fait toujours le poids. Il mesure six pieds deux. Trois pouces de plus que moi. Il porte de gros bas de laine, même en été. Gaston. Comme tout le monde, il espère que ça va changer. Quoi exactement ? Il ne le sait pas, comme la plupart des gens. Mais il continue d'espérer. Que le monde change ou quelque chose du genre. Gaston.

Il est touché quand il écoute Ariane Moffatt. Même s'il ne comprend pas tout ce qu'elle dit, sa gorge se noue. Je l'ai déjà vu se retenir de pleurer, à la fin d'un film, je crois que c'était *Of Mice and Men*. Gaston, il est tout juste ce qu'il me faut. Tout ce qu'il fallait pour une femme de mon âge, sans les vagues et les coups de crachin. Il ne sera jamais une grande vedette et ne découvrira pas de nouveaux continents. Mais moi non plus. Avec lui, je n'ai pas eu d'autres enfants. Je ne me suis pas fait avorter non plus après être tombée enceinte par mégarde. Nous avons trouvé des méthodes et des façons de faire. Car vous ne faites pas du tout l'amour de la même façon. Moi qui ne croyais pas avoir un jour l'occasion de comparer. Ce n'est pas du tout pareil. C'est le moins qu'on puisse dire.

Sinon Gaston, ce n'est pas un gars très compliqué. Il est même assez ordinaire. Il ne veut pas de cellulaire, et malgré les dissidences normales et quotidiennes de ses employés, il arrive à se faire respecter et à imposer son autorité. Il aime beaucoup ses deux camions. Il planifie de terminer de payer notre hypothèque avant d'avoir la soixantaine. Il ne dépense pas beaucoup, il ne sait jamais quoi acheter quand il sort dans les magasins et il ne comprend pas pourquoi les autres n'ont jamais d'argent. Nous avons fait ensemble un arrangement, qui me permet de vivre chez lui, dans sa maison, en échange d'un certain montant pour le loyer que je dois encore lui rembourser pendant quinze ans. Après, la moitié de la bâtisse m'appartiendra.

Je suis chanceuse. Après, je pourrai dire mon mot et changer le papier peint, remplacer la baignoire et refaire la décoration de la salle de bain. Je pourrai acheter un nouveau fauteuil, à mon goût, et non pas au goût de son ancienne femme, qui aimait le rose et les stores horizontaux. Dans quinze ans, il m'a dit, je pourrai décider.

Je me dis que je l'aime. Je me dis que je suis bien avec lui. Il fait le ménage, il fait le lavage lorsque je suis débordée, il me critique quand j'achète des cochonneries dont nous n'avons pas besoin. Il trouve souvent que tout est nul et que tout le monde se prend pour un autre. Il trouve souvent qu'il n'y a pas lieu de s'enthousiasmer pour rien, et que quelqu'un qui fait quelque chose d'original ne le fait que pour se faire remarquer. Il pense comme cela. Notre vie est loin d'être extraordinaire, mais je crois que cela me fait du bien. Il n'aime pas trop la discussion, il préfère les choses quand elles ne sont pas trop marginales. Il croit que c'est dans la normalité que se logent les choses essentielles et rien ne l'énerve plus qu'un comédien ou un artiste, rien ne l'énerve autant que quelqu'un qui parle fort et qui s'habille différemment. Il n'a pas d'amis homosexuels, et trouve que ce qui est servi dans les restaurants n'est jamais aussi bon qu'à la maison. Il ne fait pas la différence entre ce qui est à la mode et ce qui ne l'est plus. Je tente des fois de lui acheter une nouvelle chemise, un peu différente, mais je sais qu'il ne la mettra pas. Je l'achète pour rien. Il porte les mêmes vêtements pendant des années, et ne change jamais de bottes ou de manteau d'hiver. Il ne comprend pas toujours pourquoi moi, j'ai besoin de changer de manteau juste pour changer de manteau. Même lorsque l'ancien est encore bon.

Il est têtu, c'est vrai, mais à l'Halloween, il fait une citrouille ; à Noël, il se déguise en père Noël, et il joue de la cuillère au jour de l'An. Il va vite. Il est bon. Il n'est pas du genre à chanter, ni à danser, ni à raconter des blagues plus fort que tout le monde. Il joue de la cuillère, comme son père le faisait aussi durant les fêtes. Je ne souhaite pas aux autres ni à nos enfants de vivre la même chose ou de subir le même sort. J'aurais voulu faire autre chose de ma vie, mais je suis revenue à la raison, si j'ai bien compris. Et c'est ce qui compte. Je n'ai pas tout perdu, même si je l'ai cru à une certaine époque. Je ne veux plus être partout à la fois, et tout voir, et tout savoir et tout connaître. Je ferme les yeux. Je fais des rêves où je me calme. Gaston, c'est mon Gaston, et je me suis mise à lui ressembler. Même si ma vie n'est pas la vie que je souhaitais, je suis contente.

Quand on fait l'amour, on ne s'embrasse pas jusqu'à en perdre le souffle. Je ne serre pas son corps contre le mien comme s'il était précieux. Comme si j'avais peur de le perdre. Je ne l'appelle pas « mon trésor », je ne me dis pas que je suis en présence du plus chaud, du plus fort, du plus beau. Il veut que je sois toujours polie lorsque nous recevons ses parents, même si ces derniers ont chaque fois la mauvaise habitude de surgir sans prévenir, le vendredi soir, le dimanche matin, toujours au pire moment, soi-disant parce qu'ils passaient dans le coin, soi-disant pour voir les enfants. Je dois toujours être prête, toujours être souriante. Sortir les biscuits et faire couler du café. Même dans les instants où des tracas se manifestent brusquement, je dois rester posée, et ne pas faire de crise. Je ne dois pas cesser de fonctionner normalement.

Je n'ai qu'à faire du sport. Je n'ai qu'à me trouver des passions, faire du tricot, chanter dans une chorale, aller faire un tour au cinéma. Nous économisons chacun cent dollars par mois, que nous mettons dans un grand pot dans notre chambre à coucher, et cela pour partir en voyage une fois par année. Nous allons à Cuba, au Mexique, seulement lui et moi. Une fois, nous avons emmené les enfants voir la mer. Ce fut mémorable. Et nous nous sommes promis de prendre un jour des vacances en Europe. L'année suivante ou quelque chose comme ça. Je ne regarde pas plus loin. Je m'occupe de faire pousser des plants de tomates dans le jardin. Je pense à mes tomates, à mes salades. À l'an prochain où je mettrai des fleurs.

Au bureau, il m'arrive de boire un petit coup en cachette. Parfois le soir, quand je vais chercher les filles au service de garde, je me sens un peu soûle. Je ne suis pas certaine de ne pas avoir les facultés affaiblies. Je me dis que les policiers n'arrêtent pas les gens pour leur taux d'alcoolémie à dix-sept heures trente. Ils le devraient sans doute. Je ne dois pas être la seule à rentrer soûle à la maison. Je roule droit. Je ne bois pas excessivement, pour oublier ou parce que je suis malheureuse. Mais des fois, en plein jour, je ressens une petite angoisse. Et je n'aime pas ça. Une petite flasque, dissimulée au creux de ma sacoche où personne ne fouille jamais, me donne un peu de réconfort. Dans les moments cruciaux. Je ne perds pas l'équilibre. C'est un moyen gentil. Calme et défendable. Je tente de ne pas trop exagérer. Même s'il y a des jours où je me sens vraiment plus soûle que les autres parents.

Gaston ce qu'il aime en matière de sexualité, ce n'est pas du tout quelque chose à quoi j'étais habituée. Je le laisse faire. Je cherche à comprendre ce qu'il veut, et à ne pas le décevoir. Parce que je l'aime et qu'il ne mérite pas d'être déçu. Je trouve toute seule ma façon de jouir, je ne fais pas toujours comme si. Je me réfugie dans ma tête, et déniche une manière de me satisfaire. Je me sens seule parfois. La plupart du temps, Gaston s'endort avant moi. Je me sens seule, je reste seule sur l'oreiller, et je finis par m'endormir.

Et toi que je croyais connaître. C'est fou ce que la vie peut être surprenante. J'en avais plusieurs fois fait l'expérience, et savais que je pouvais m'attendre à tout. Mais je n'ai pas compris pourquoi, dans ton sac à dos, nous avons trouvé des petites culottes de femme. Blanches et bleues, bordées de dentelle. Lorsque nous t'avons retrouvé grillé dans le champ. Taclé par un éclair. Et que nous avons fouillé dans tes poches et ton sac, malgré le dégoût que nous ressentions, Léopold et moi, devant ton cadavre.

Tout noir et tout mouillé. Un cadavre où l'on ne reconnaissait plus rien de toi, ni tes mains, ni tes chaussures, ni ton style et ton souffle de vie.

S'agissait-il d'un vêtement que tu portais toi-même, ou d'un accessoire que tu avais volé, dans une grande surface, ou d'une relique qu'une de tes maîtresses t'avait laissée, dans le but de te faire penser à elle quand elle n'y était pas ? Était-ce un homme, avec qui tu couchais, et qui te demandait de ne pas oublier les petites culottes qui le faisaient bander plus fort que tout, dans la mesure où tu les portais en arrivant, et durant tout le temps du souper ? Une chose que toi tu savais, que lui aussi savait, et que personne ne savait, mais qui faisait se terminer les soirées dans une torride scène de baise. Alors que je n'y étais pas. Je ne pourrai sans doute jamais le savoir. Cela fait partie des choses auxquelles il me faut renoncer. Il y en a eu d'autres. Il y en aura d'autres encore.

36

Le plus difficile, pour une famille recomposée, ce n'est pas le rétrécissement des nouvelles chambres à coucher, les déménagements, parfois le changement d'école, voire le changement de régime de vie, souvent pour passer d'une vie plus aisée à une vie plus serrée. Il y a bien entendu les éternels oublis de la brosse à dents chez l'autre parent, la mauvaise communication à propos du calendrier, du spectacle de fin d'année ou des journées pédagogiques. Mais l'un des défis les plus délicats survient quand il s'agit de disputer les enfants de l'autre. Vous n'êtes pas leur mère ou leur père, et très tôt ils vous le font remarquer, tel un argument massue qui laisse pantois, et qu'on ne peut utiliser que deux ou trois fois, pas plus. Et pourtant, vous vivez avec eux. Vous devez partager avec eux votre sac de chips. Leurs espaces communs sont aussi vos espaces communs. Ils ne sont pas exactement des colocataires, car ils ne partagent pas les frais de loyer, ne font pas leur vaisselle et ne s'éreintent jamais à désinfecter la cuvette des toilettes. Ils ne font que profiter de vous sans rien offrir en échange. Ils ne peuvent décider de tout, car ils ne sont pas responsables de ce qui se passe dans la maison, mais ils peuvent à tout moment décider de ne plus vous écouter. De faire la sourde oreille et de vous traiter comme une pure étrangère. Alors vous êtes sans force et impuissante.

Comme je ne suis pas arrivée très tôt dans la vie des enfants de Gaston, je n'ai pas pu devenir leur deuxième mère. Comme on entend le dire des fois. Alors aucun d'entre nous ne savait ce que j'allais être, dans cette histoire ; ni comment on allait m'appeler. Nous avons continué de maintenir une distance marquée entre nous. Nous partagions le même logis, mais nous ne nous sommes pas mélangés. Ils n'étaient pas mes fils et je n'étais pas leur mère. Je n'étais pas obligée de les inscrire sur mon testament, ni de leur laisser une part de mon héritage, ni d'espérer qu'ils poursuivent mon œuvre et veillent à mes intérêts posthumes. Nous devions nous accommoder les uns des autres. Ils étaient là dans ma vie, quasiment par hasard, et ils ne l'avaient pas demandé. Moi non plus. J'étais tombée sur Gaston alors qu'il était grimpé dans un escabeau, et de fil en aiguille, nous avions décidé de vivre ensemble. Ce choix comportait des enfants. Comme lorsqu'une voiture de seconde main comporte un toit ouvrant, alors que vous vous fichez des toits ouvrants. Même chose pour eux. Ils voulaient bien que leur père ait une autre femme, ne reste pas célibataire toute sa vie, mais ce n'était pas leur faute, ni leur choix, si le hasard s'était arrêté sur moi. Peut-être me trouvaient-ils conne. Peut-être me trouvaient-ils laide. Peut-être se demandaient-ils comment leur père pouvait bien faire pour être avec une chose comme moi.

Alors, quand nous organisions des sorties, nous partagions les frais équitablement. Parce que nous étions une famille reconstituée, chacun gardait les factures de ce qu'il achetait pour l'autre, ou pour les enfants de l'autre, ou de ce qui se partageait dans la vie quotidienne, comme le savon, le dentifrice, le pain tranché. Nous séparions l'électricité et les lignes téléphoniques, mais chacun payait ses propres vêtements et ceux de ses enfants. Le frigidaire était sans cesse recouvert de factures de toutes sortes, méticuleusement étudiées, avec des articles entourés, et d'autres, surlignés d'un crayon jaune. Gaston n'avait pas besoin de contribuer à l'achat des serviettes hygiéniques, par exemple. Et lorsque ses fils ont commencé à avoir besoin de déodorant, il ne me demandait pas d'en payer la moitié. Ses enfants resteraient ses enfants, et mes enfants resteraient mes enfants. Même si l'on finit par s'aimer dans une famille, il y a des choses qui survenaient, et que nous devions traiter à la manière d'une famille recomposée. Gaston devait dire à son fils ceci ou cela. Il devait avoir une discussion avec lui, et régler tout seul avec lui, des détails que je ne pouvais pas régler à sa place, parce que tout à coup, cela ne me regardait plus. Je pouvais laver les vêtements de l'un de ses fils, m'arranger pour qu'il ne manque de rien dans son lunch ou lui donner un dix dollars pour qu'il aille manger au resto avec ses amis, mais tout à coup, il était possible que quelque chose ne me regarde plus.

Je me rappelle, à ce propos, un épisode déterminant. Jonathan avait les cheveux dans les yeux. Ce qui peut arriver à tout enfant de quatorze ans. Comme il s'était endormi la veille avec un *chewing-gum* sur l'oreiller, la friandise s'était incrustée dans sa tignasse, et pas rien qu'à moitié. Il en avait partout, le pauvre. J'ai pris l'initiative de lui arranger une coupe de cheveux. Toute simple. Nous l'avons fait dans la cuisine, en rigolant. Évidemment, quand cela vient tout juste d'être fait, ce n'est jamais très beau, une coupe de cheveux. Il faut attendre une semaine au moins, pour que les traits de ciseaux se placent. Surtout dans le cas d'un garçon. J'ai fait ce que j'aurais fait pour Léopold. Cela me paraissait évident, et je ne voulais pas que Jonathan ait l'air fou avant de partir à l'école. Je ne pouvais laisser aller un enfant avec une tête comme une crêpe, sans rien faire pour lui éviter l'humiliation. Ce fut une erreur. Sa mère, sa vraie mère, à l'autre bout, n'a pas du tout accepté que je décide quoi que ce soit concernant la coupe de cheveux de son fils. Elle a voulu parler à Gaston, et elle a gueulé. Je l'entendais péter les plombs dans le combiné. Oups ! Je n'avais jamais envisagé les choses de cette façon. Peut-être avait-elle raison. Je ne sais pas. Je me disais que personne n'avait encore réfléchi à ce genre de contentieux.

Je ne savais même pas que cela pouvait exister. Plusieurs familles comme la nôtre, pourtant, vivaient de telles expériences. Subitement, on venait de me couper l'herbe sous le pied, de m'arrêter dans mon élan. Cet élan naturel qui m'aurait permis de m'occuper de ces enfants-là, comme s'ils étaient les miens. Mais ils n'étaient pas les miens. Leur mère ne voulait pas qu'ils soient les miens. Elle tenait à être là sans être là. Et refusait de céder sa place.

Alors je me suis mise en retrait. Et nous avons vécu comme des copains, d'une certaine manière. Je ne me suis plus jamais risquée à leur donner de l'amour. J'avais hâte qu'ils grandissent et qu'ils se barrent, mais je ne le leur disais pas. De toutes façons, ils le ressentaient. Nous partagions les mêmes pièces, dans un accommodement raisonnable, mais jamais nous ne deviendrions de vrais alliés. Ils étaient des autres. Comme le sont nos voisins. Et j'étais pour eux une madame. Comme une professeure, une travailleuse sociale, quelqu'un qui vous est imposé et que vous ne choisissez pas. Ils attendaient, eux aussi, le moment de se casser. Pas de partir, mais de se casser. Par le truchement d'une excuse : une histoire de programme universitaire qui se donne dans une autre ville. Loin de leurs parents et de leurs niaiseries.

Je me rappelle avoir eu quelques fois la certitude qu'il me fallait les disputer, les punir. Et eux aussi le savaient. Et je les ai disputés. Même que j'ai déjà donné une gifle à Jonathan, qui n'a rien dit et qui n'a pas bronché. Et qui n'est pas allé se plaindre à sa mère ensuite, ni à ses profs, ni à la DPJ, ni au lapin de Pâques. Heureusement. La gifle, je crois, devait sans doute être arrivée juste à point. Comme quelque chose qui fait du bien et qui surprend. Gaston, qui lisait son journal, a relevé la tête un instant. Un ange est passé, et nous sommes retournés vaquer à nos occupations respectives. Il n'y a pas eu de drame. Nous n'en avons jamais rediscuté. J'ai repris la vaisselle, Gaston a repris sa lecture, Herménégilde (c'est le prénom du cadet de Jonathan) et Léopold ont terminé leur Jell-O. Saveur de prunes. Ce sont des souvenirs que nous partageons désormais et pour toujours. Ce qui fait que quelque chose se joue et qu'une histoire se tisse entre nous.

Chacun de notre côté, Gaston et moi, nous prenions nos enfants, distribués selon la biologie, pour faire une activité rien qu'avec eux. Nous leur remémorions ce lien, exclusif, que même la vie recomposée ne pourrait effacer. Nous faisions en sorte de retrouver cette différence qui existe entre nous, membres de cette même famille qui, en fait, a plutôt les allures d'une commune. Pas même d'un clan. Une sorte de classe de secondaire. Nous mangions une crème glacée, nous faisions une activité débile et improbable, comme du vélo au parc Lafontaine. Je leur donnais chacun dix dollars, pour qu'ils achètent « quelque chose pour eux ». Gaston n'était pas là. Il ne pouvait pas faire de commentaire. C'était entre nous, et un peu dans son dos. Nous partagions un moment où les enfants de l'autre n'étaient pas là. Où il n'y avait pas toujours quelque chose de dérangeant pour venir perturber ce que nous étions. Avant le cataclysme.

37

Gaston, ce n'est pas nouveau, il s'appelle Gaston. C'est un peu drôle, mais ce n'est pas de sa faute. Il est né comme ça. Ça ne vient pas de lui. Il ne s'est pas nécessairement fait taquiner à l'école pour cette raison. Mais il est clair qu'on ne peut pas faire tout ce qu'on veut, après, quand on est affublé d'un tel prénom. Il aurait préféré s'appeler Jean-François, Patrick, Stéphane ou Simon. Comme les autres. Mais au bout du compte, quand on le regarde et qu'on y pense, c'est Gaston qui lui va le mieux.

Un jour, je suis allée voir une psychologue. Je sortais avec Gaston depuis déjà quelque temps. Je me suis rappelé que tu m'avais dit, à une époque où je me sentais forte et invincible, qu'il pourrait m'arriver, à moi aussi, de devoir me retrouver un jour à consulter des thérapeutes. Je n'y suis pas allée souvent. Peut-être trois ou quatre fois. Sans le dire à Gaston parce qu'il n'aimait pas cela, que j'aille parler de lui, de moi, de nous, peut-être de toi, à quelqu'un d'étranger. J'aurais voulu que Gaston m'accompagne, et que nous fassions une rencontre de couple avec la psychologue, mais il trouvait débiles toutes ces histoires de psy, et ça aurait été comme lui demander de porter des escarpins au bureau. Il n'aurait pas été à l'aise. Pour lui, disait-il quand nous abordions certaines difficultés de la vie commune, avec des amis et des bouteilles de vin, « les choses dans un couple se réglaient en baisant ». C'était binaire et péremptoire. Cela lui ressemblait. Ses amis le connaissaient, on en rajoutait, on devenait encore plus grotesque et le tout se terminait dans les rires. Nous avions l'air d'avoir peur que cela soit vrai. D'où notre désir exalté de faire des blagues sans arrêter. Bruno a même dansé avec son caleçon sur la tête.

J'y suis allée sur les conseils de mon amie Guylaine, qui me voyait bien maugréer contre tout et rien, avoir toujours mal dans le dos et ne jamais me sentir bien. Je renversais mes cafés, perdais mes crayons et faisais tomber mes lunettes dans les toilettes. Je me grattais le cerveau avec des questionnements sans fin, et ne comprenais pas. Je ne comprenais pas pourquoi, malgré mon bonheur honnête, je continuais d'en vouloir à Gaston. J'étais bien obligée de me rendre compte que je lui faisais souvent des vacheries, et qu'il ne méritait pas toujours d'être ainsi maltraité. Je n'avais pas l'impression de le faire exprès, de planifier mes coups et de vouloir le blesser, mais je me sentais parfois devenir agressive envers lui. Tout naturellement. Sans le détester. Je rêvais que je lui faisais du mal, des trucs assez violents, comme lui trancher la tête ou le jeter en bas d'une falaise en le poussant, alors qu'il ne se doute de rien. Je me réveillais en sursaut. Je respirais fort, mais ne me sentais pas du tout coupable d'avoir été visitée par de pareilles pensées. Tout cela me semblait normal. Je le regardais ronfler à côté, dans l'aurore et sa lumière bleutée, et je comprenais que je lui en voulais. Mais j'ignorais pourquoi. Je suis donc allée voir une psychologue.

Je lui ai raconté que mon conjoint pétait souvent les plombs, que parfois c'était à cause du travail, parfois à cause des enfants, parfois à cause de l'impôt, mais souvent à cause de moi. Je savais que je pouvais lui reprocher plein de trucs, des détails et des incompatibilités, mais qu'au fond, je ne voulais pas le blesser ni le contrarier. Je me rendais bien compte que j'avais fait en sorte qu'il se fâche. J'étais peut-être jalouse de son bonheur masculin, facile et sans tracas, hors de tout doute et axé sur le sexe. Je n'étais pas une femme battue, je ne pouvais pas me plaindre de menaces ou de violence verbale. C'était plus sournois, plus malicieux. Difficile à expliquer avec des exemples. Je crois que j'exagérais, et que je finissais par avoir besoin de faire vibrer certaines cordes. Peut-être pour le réveiller, ce gros Gaston, et vérifier s'il était toujours là, intact et capable de s'emporter. Vérifier s'il était toujours là, et s'il savait que moi aussi j'étais toujours là. M'assurer qu'il s'en rendait bien compte et le faire y penser. Je tolérais mal les soirées tranquilles, devant la télé, où il ne se passait rien. J'en avais parfois ras-le-bol d'écouter des films. Je tolérais mal ce trop-plein de quiétude et de paix. Après trois jours, il me fallait poser des bombes. Ce n'était pas pour mal faire, expliquais-je à la psychologue. C'était pour courir un risque. Peut-être risquer de tout perdre un jour en allant trop loin. Comme sur l'autoroute, à cheval sur une moto sport propulsée à l'uranium. Tenter le diable. Jusqu'au moment de tressaillir.

Ma copine Guylaine m'avait raconté qu'elle avait un jour fait tomber un pot de fleurs sur la tête de son Laurent. Il était en bas, elle était en haut. Un gros pot de fleurs, en terre cuite, avec un géranium dedans. Quand elle m'a raconté la scène, nous avons tellement ri qu'on a dû quitter le café où nous mangions, après avoir payé en vitesse, parce qu'on ne pouvait plus s'arrêter et qu'on commençait à avoir l'air de deux folles échappées du logis. Je comprenais tellement ce qu'elle voulait dire. Comme cette autre fois où son Laurent se faisait bronzer calmement dans la cour, et qu'elle avait eu l'idée d'arroser les fleurs. La pression était trop forte, le tuyau lui avait glissé des mains et le truc en aluminium était allé se fracasser sur la tête de Laulau. Trois points de suture. De la terre dans les oreilles. On a ri. On hurlait. On ne pouvait plus respirer. On avait peur de faire pipi. On se dépêchait d'atteindre la voiture pour ne pas se faire embarquer par les forces de l'ordre.

Le temps passe. On s'accroche comme on peut. Parfois il pleut. On ne se sent pas nécessairement tous les jours très belle. Pourtant, les vibrations sont là, et il nous faut dire à nos hommes à quel point tout le bonheur ne peut tenir qu'au sexe. On ne sait pas exactement à quoi d'autre il tient, nous non plus, mais il ne peut tenir qu'à cela. À cause que l'amour, que l'ennui, que les années, que les enfants; comme pour tout le monde. Peut-être parce qu'il s'appelle Gaston, parce qu'il est content quand il joue au tennis, ou lorsqu'il tond son gazon, dans un pur bonheur. Et que je le regarde. Et que je le vois épanoui. Et qu'alors moi je n'y suis pas.

38

Je suis différente. À cause du temps, de ton départ, de ma vie désormais propre, du pétrole qui s'est déversé dans le golfe du Mexique. J'ai donné de l'importance à des choses dont j'ignorais l'existence autrefois. Comme me soumettre à des horaires : aller boire un café tous les dimanches dans ce café-ci, et le mardi, tous les mardis, dans cet autre café. À telle heure. Et reconnaître les mêmes clients qui font la même chose, et finir par engager la conversation et apprendre à les connaître. Je me suis mise à apprécier les habitudes. Les gens qui reviennent à la même place. Avoir l'impression qu'ils sont tous les jours et chaque fois les mêmes, mais les voir se transformer avec le temps.

Au fond quoi ? Que s'est-il passé ? Nous n'avons pas fait mieux que les autres. Nous sommes des milliers dans cette situation. On pourra avouer, au mieux, que nous avons failli. Et tout le monde nous pardonnera puisque nous serons enfin devenus comme tous les autres. Sympathiques dans nos échecs. Nous avions eu un rêve. Tête baissée, nous nous y sommes rués. Nous avons, nous aussi, cru en des règles et des principes et « des choses qui ne se font pas ». Nous avions une philosophie. Nous pensions que c'était bon pour la santé. Nous avons essayé, avons voulu des choses et leur contraire, et nous n'avons pas pu comprendre tout de suite et tout prévoir. Rien de plus naturel. Nous aurions pu faire chambre à part. Chacun son lit, chacun ses draps. Et essayer. Aucun couple autour de nous n'était parfait. On récoltait les aveux, au fil des ans, et en bout de course, aucune de ces familles ne s'en était sortie sans heurts. Nous avons fait de notre mieux. Comme nos parents avant nous. Nous avons, nous aussi, épousé des formules que nous aurions trouvé ridicules quelques années auparavant. Il n'y avait pas si longtemps. Tout à coup, on les comprenait, et on les trouvait bonnes. En quoi sommes-nous si différents ? En quoi, réellement, avons-nous fait mieux ? Nos parents ont peut-être été cons, nous sommes en train de l'être aussi. Nous est-il vraiment permis de penser que nos enfants sauront tout transformer ?

On le savait, on le voyait, on le pressentait, on s'en doutait mais nous passions l'éponge, ou à autre chose. Je ne pouvais pas prévoir que tu agoniserais ainsi dans notre sous-sol, avant d'être foudroyé par un éclair la nuit. Quelle fin absurde et pourtant, quelle autre fin aurions-nous pu souhaiter ? J'étais jeune lorsque je me suis mariée. Je ne savais pas que je ne savais pas. Tu n'étais pas mon genre d'homme, je les préférais plus beaux, un peu plus grands. Je me sentais, c'est drôle, je me sentais en sécurité avec toi. Mais personne n'aurait pu prévoir la tangente qui s'est ensuite dessinée. Comme tout le monde, je me suis ennuyée, au bout d'un certain temps. Je t'ai trouvé nul. Et con. Et j'ai voulu partir m'éclater, loin de toi et de ta grisaille et de ta plainte contre le quotidien. C'est peut-être à cause de ceci, ou encore à cause de cela. Les tempêtes, le soleil, les tornades et les tremblements de terre. Mais ce n'est plus l'heure de revenir là-dessus.

Achevé d'imprimer sur les presses
de Marquis-Gagné
à Louiseville, Québec, Canada.
Troisième trimestre 2013